ベリーズ文庫

他部署のモサ男くんは終業後にやってくる

朧月あき

JN167470

スターツ出版株式会社

目次

他部署のモサ男くんは終業後にやってくる

他部署のモサ男くんは終業後にやってくる

一章　完璧女子は生きづらい

データ入力は絶対にミスなし、どんなに忙しくてもデスク周りはきっちり整頓。

ワイシャツの襟はいつもアイロンでパリッと、仕事用の三センチヒールは常につま先までピカピカ。

背中までの黒髪は隔週に美容院でトリートメント。

百六十センチの体は長年シンデレラ体重をキープ。

仕事も見た目も完璧に――それが私のモットーだ。

『なんでもできてすごいですね、うらやましい』

みんなが私にそう言う。

だけど実際は、決してうらやましがられるようなことじゃない。

ただ、この生き方しか知らないってだけ。

完璧じゃないと、私に価値なんてなくなるから……。

「高根《たかね》さん、ありがとうございます！　助かりました！」

正午過ぎの、大手食品メーカー『Sフーズ』総務部。

デスクでキーボードを叩いていた私のもとに、入社一年目の瀬戸《せと》さんが半泣きになりながら駆け寄ってきた。

「会議資料の作成、どうにか間に合いました。高根さんが手伝ってくれたおかげです！　本当にありがとうございます！」

黒髪ひとつ結びの瀬戸さんは、オドオドして口数の少ないタイプで、こんなふうに声を張りあげるのは珍しい。よほどうれしかったのだろう。

かわいいなとは思ったけど、私はシャットダウンの作業をしながら、あえて厳しい声を出す。

「指定された日時に間に合わないなんて、あってはならないから」

「ご、ごめんなさい。でも、昨日まで体調崩してて……」

「それなら昨日の時点でリーダーの私に相談すべきだったわ。そもそも、体調管理も仕事のうちよ。次からは気をつけて」

「……はい。ごめんなさい……」

瀬戸さんはいつものオドオドとした雰囲気に戻り、肩を落としながら私の前から去っていく。

私のピリピリとした雰囲気が、オフィスの空気を凍らせているのがわかった。

だけど自分のノルマは自分でこなすべきで、ここで厳しくしないと、瀬戸さんのためにならない。

「すみません、こちらを」

再びパソコンに向き合おうとしたところ、男性社員に声をかけられた。両目が隠れるほど伸びたボサボサの黒い前髪に、黒縁眼鏡をかけている。

他部署の人が、書類を提出するために来ていたらしい。

「……承知しました」

ひそかに動揺しつつ書類を受け取ると、彼は速やかにオフィスから出ていった。

(今の瀬戸さんとの会話、聞かれてたよね)

今来たばかり、という雰囲気ではなかったから、絶対そう。まるで逃げるように出ていったし、きつい女だと思われたんだろう。

(でもまあ、いつものことよね)

私は心の中で自分にそう言い聞かせると、気を引きしめ、仕事に集中した。

午前中のタスクが終わった。

真っ暗になったパソコンの画面を見ながらひと息つき、家から持参したプラスチック製のボトルを手に取る。

中に入っているのは常温水だ。肌の潤いのために、どんなに忙しくても水分補給は欠かせない。一日に必要な水分量を計算して、毎日二本のボトルを持ってきている。

中の水を飲み干すと、今度はデスク脇に置いた保湿スプレーをシュッと顔にかけた。

気づけばもう三十歳、乾燥は老化の大敵だ。

一日中暖房がついている十一月終わりのこのごろは、二時間に一回は保湿するように心がけている。

「高根さーん、今日も美意識高いっすねぇ。そしていつ見ても美人です」

緩い口調で話しかけてきたのは、二十八歳の梶田《かじた》くんだ。坊主に近い短い黒髪に、学生時代はラグビー部だったという体格のいい体。

「お世辞言ってもなにも出ないけど」

「お世辞なんかじゃないですよ。しかも瀬戸さんのフォローまでしつつ、自分の仕事もぬかりないなんて、本当に完璧だなぁ」

梶田くんは、私のせいで凍りついたオフィスの空気を簡単に穏やかにしてくれる、総務部のムードメーカーだ。こんなふうに、ことあるごとにリーダーの私をヨイショする策略家でもある。

ご機嫌取りだってわかってるんだけど、『完璧だなぁ』という言葉を聞いて、私は内心ホッとしていた。

「ねえねえ、私たち今から『おふくろ食堂』行くんだけど、梶田くんも来る？」

お財布を手にした女性社員ふたりが、彼に声をかけた。

梶田くんが、パアッと笑顔になる。

「行く行く！　あそこ、大盛り無料なんだよな！　しかも今日は木曜日だから、日替わりがトンカツのはず」

「梶田くん、めちゃくちゃ詳しいじゃん」

はしゃいでいる梶田くんを見て、女子たちがクスクスと笑っている。

梶田くんが、思い出したように私に顔を向けた。

「あ、高根さんも一緒におふくろ食堂行きますか？」

「ちょっと、梶田くん！」

女子のひとりが、梶田くんの脇の辺りを肘でつついた。

「高根さんが、激安が売りの定食屋なんか行くわけないでしょ！」

「言われてみれば……。オシャレな店以外行かなそう」

「健康志向の高根さんはいつもお弁当なのよ。それも、栄養バランスばっちりの」

「マジか、知らなかった。でもたしかに、そういうイメージあるなぁ」

ヒソヒソ声ではあるけど、全部丸聞こえなんですけど。

私は片づいているデスク周りをさらに整えつつ、聞こえていないフリをした。

「すみません、高根さん。なんでもないです……！」

梶田くんはごまかすように愛想笑いを浮かべると、女性社員たちと一緒にオフィスから出ていった。

「日替わりランチが六百円って、今どき貴重よね。ていうか自炊するより安くない？　夜も食べて帰ろうかな」

「夜は定食やってなくて、飲み屋みたいになるらしいよ。ていうか夜行くのはやめた方がいいよ。最近あの辺りに痴漢が出没するって噂聞いたから」

「俺、その話知ってる！　秘書課の子が被害に遭ったってやつだろ？」

和気あいあいとした三人の声は、徐々に遠ざかり、やがて聞こえなくなった。

みんなが外食に行ってがらんとしたオフィスで、私はデスク脇に置いていたお弁当の袋を手に取る。

まげわっぱのお弁当箱には、ひじきと枝豆の煮物、にんじんとレモンのラペ、サバの梅煮、レンコンの大葉挟み焼き、そして十六穀米のおにぎりが入っていた。

毎朝自分で作るこのお弁当は、たしかに健康にも美容にもこだわっている。少しでも気を緩めたら、完璧から遠ざかりそうで怖いから。

でも……。

「六百円のトンカツ定食、気になる……」

サバの梅煮を箸で挟みながらつぶやいた私の声が、誰もいないオフィスにぽつんと落ちた。

私は本当は揚げ物が大好きだ。安くておばちゃんの愛情たっぷりのご飯が出る定食屋も大好き。

だから会社から徒歩五分のところにある、激安の唐揚げ定食とトンカツ定食が売りのおふくろ食堂はずっと気になっていた。だれかが誘ってくれたらいつでも行くのに、誘われたことがない。

私が醸し出している、この近寄りがたい空気のせいだとはわかっている。

かといって、ひとりで行く勇気もない。

自分から誘おうと思ったこともあったけど、私が声をかけるとみんなに変な目で見られる気がして、踏み出せずにいる。

小さくため息をついたとき、真っ暗なパソコンの画面に映った自分と目が合った。

「わっ、保湿スプレーのしすぎで眉毛少し落ちてる……」

慌てて引き出しからメイクポーチを取り出し、鏡とアイブロウを手に取って、眉毛を描き足した。

最近、お世辞とはいえ美人と言われるようになったこの顔は、メイクが落ちてしまえばただの地味顔だ。

それを脱却したくてメイク動画で必死に勉強し、どうにかレベルアップした。もとがもとだから本物の美人にはなれなくても、できる限り努力しなくては。

メイクだけじゃなくて、体形保持のために日々筋トレをして、姿勢や立ち姿、歩き方の美しさも心がけている。

仕事も見た目も完璧に――それが私のモットーだから。

完璧じゃなくなったら、私は自分を見失うだろう。

――『鞠乃《まりの》は賢いねえ』

私が完璧にこだわるようになったきっかけは、幼い頃に母から言われたその言葉だった。

四歳年上の姉は生まれながらにして美人で、みんなにチヤホヤされていた。一方の私は、姉のように将来を期待される美人ではないことを、周囲の反応からうすうす感じていた。

だけど空気を読むのはうまかったから、姉のようにわがままを言ったり、映画館やレストランで騒いだりはしなかった。気づけばいつからか、周りに賢い賢いと褒められるようになっていた。

姉が自由気ままな性格だったから、私の扱いやすさは、より際立ったのだろう。

『鞠乃は賢いねえ、お姉ちゃんとは大違い』

『鞠乃が賢いから助かるよ』

私が唯一美人の姉よりも褒められるのは、賢いと言われているときで、その瞬間だけは優越感を味わえた。

私はもっともっと優等生になるために、努力するようになった。

勉強、ピアノ、スイミング、英会話。

中学の英語部でも高校のバドミントン部でも部長を務めた。高校では生徒会に入って生徒会長までやったし、ボランティアサークルを立ち上げて先生たちに絶賛されたりもした。

もちろん受験勉強にも気合いを入れ、そこそこいい大学に入学。

そこで、思いがけない出来事が起こった——彼氏ができたのだ。

多田健太《ただけんた》は私と同い年で、出会いは環境保護のボランティアサークルだった。真面目で人付き合いの苦手な私とは違って、いつもにこにこしていて友達がたくさんいる社交的なタイプ。

アイドル顔のイケメンで身長は百八十センチ、サークル内での女子人気も高かった。

それなのに健太は飲み会のたびに私の隣に座り、サークル活動中もなにかと話しかけてきて、積極的にアプローチしてきた。

『高根さんは素朴でかわいいなぁ。かなり好印象』

『高根さんのそういう真面目なところ、すごく好きだな。俺にはないもので憧れる』

賢いと評価されることにこだわるあまり、中高時代にまったく恋愛経験のなかった私は、イケメンからの突然の押せ押せ攻撃にあっという間に陥落した。

『俺と付き合ってほしい』

健太にそう告白されたのは、大学一年の六月だ。

こういうことに慣れていない私は、恥ずかしく思いながらも、うなずいて健太の想いを受け入れた。

『やば、かわいい』

健太はたまらないというように表情を崩して、私をぎゅっと抱きしめてくれた。

そこからは、優等生でいることにこだわっていた私の世界は健太一色になった。

健太にもっと好かれたくて、ずっと一緒にいたくて、とにかく尽くした。

学校が終わってすぐ、健太のひとり暮らしのアパートに行って、バイトで忙しい彼のために毎日夕食を作ったり。英語が苦手な健太のために、レポートのゴーストライターをしたり。

健太は仕送りが少なかったから、私がバイトをがんばって、積極的にご飯も奢った。

私は初めての恋に浮かれていた。

すべての面でしっかりと健太を支えれば、彼は私から離れていきはしないだろうという、妙な自信があった。

『賢いねぇ』——しっかりとすべてをこなせば、見た目では姉に劣る私を、親もそう言って認めてくれたから。

それなのに。

『鞠乃、別れてほしい』

健太にフラれたのは、大学の卒業式のときだった。

健太の隣にいたのは、二歳年下の、同じサークルの女子だ。スリムで色白で、茶髪ショートボブが似合っていて、なんとかっていうファッション誌の読者モデルをしている、サークル内でも評判のかわいい子だった。

『鞠乃ってさ、地味だろ？　前から連れて歩くの恥ずかしかったんだ。尽くしてくれるから付き合ってたけど、俺も男だからさ、やっぱり彼女はみんなにうらやましがられるような子の方がいいんだよね』

悪びれたふうもなく、健太は嘲笑うような口調で、私にそう洗いざらい告白した。

新しい彼女は、健太の腕に自分の腕を絡めて、私を眺めながらクスクス笑っていた。

私は彼女が入部したときから、サークルになじめるよう、手取り足取りフォローしてきたのに。ふたりは私にバレないように、一年近く秘密の関係を続けていたらしい。

『卒論が終わった今、正直鞠乃にもう用はないんだ。じゃあな』

私の言い分をいっさい聞かずに、スーツ姿の健太は新しい彼女を連れて、私の前から去っていった。

健太と卒業写真が撮りたくて、張りきって早起きして美容院に行き、髪をセットして袴を着付けてもらったのに。結局写真は一枚も撮れなかった。

私はどん底に突き落とされた。

優等生でい続ければ、美人な姉に匹敵する存在になれると思っていた。

健太にとことん尽くせば、私から離れていかないと信じ込んでいた。

だけど容姿のよさは、私の努力をあっという間に超えていく。

人は結局中身じゃない、見た目なんだ。

中身も見た目も完璧にしなきゃ。

健太にフラれてそう悟った私は、それから見た目にもこだわるようになった。

まずはややぽっちゃりだった体形を改善するために、ダイエットを始めた。

りんごダイエットや豆腐ダイエット、あらゆるダイエット方法を試し、必死に空腹に耐えた。

毎日欠かさず、十キロのランニングも励んだ。ジムにも通って、専属トレーナーのアドバイスのもと、懸命に筋トレもがんばった。

結果、半年ほどで十キロのダイエットに成功。

それからファッション雑誌を読み込み、オシャレの研究を重ね、カジュアルからクールビューティー系にシフトチェンジした。

おかっぱだった髪も伸ばし、毎朝コテで巻いて、美女風のヘアスタイルに変身。こだわりのヘアケア用品による念入りなお手入れと、美容院での定期的なトリートメントで、美髪にもこだわっている。

暇さえあれば動画を見て、メイクも猛勉強した。プチプラからデパコスまで、自分に合ったメイク道具を探し回る日々。

すると、いつからか道行く男の人の視線を感じるように。

今の会社に入社して早々『美人だね』と男女問わず褒められるようになった。

生まれたときから美人じゃなくても、体形や美髪にこだわり、自分に合ったメイクをすれば、美人の部類に入れてもらえるらしい。

もちろん、仕事にも全力を尽くした。

寝る間も惜しんで、求められている以上に仕事をがんばり続けたところ、上層部から絶対的な信頼を置かれるように。気づけば入社四年目にして、総務部のリーダーを任せられるようになるまで出世した。

『見た目も中身も完璧ですね』――いつからか、そんなふうに評価されるのがあたり前になっていた。

完璧じゃない私は私じゃない。

完璧を装うことで、本当はダメなところだらけの私は、どうにか地面に足をつけて生きている。

でも、地味で甘いものが大好きな素の私は、いったいどこに消えてしまったんだろう？

ときどきそんな虚しさが込み上げて、消えたくなる。

何層にも上塗りした偽りの自分の中で、本当の自分が悲鳴をあげている。


午後六時。

「ねえねえ、これからみんなで、この間オープンしたフルーツ飴専門店に行かない？」

仕事を終えた社員たちが帰宅準備を始める中、砂糖菓子のように甘ったるい声がオフィスに響いた。

栗色のボブで色白の彼女は、花岡莉愛《はなおかりあ》、二十五歳。

垂れ目の童顔に、百五十五センチの小柄な体、愛らしい見た目にぴったりのフェミニンなファッション。入社したときから男性社員の間で『かわいい』と評判のキラキラ系女子だ。

今日着ている丈が短めのベージュのニットワンピも、女の私でも目で追ってしまうくらいよく似合っている。

「あ、モデルのララちゃんがＳＮＳにアップして話題になってたやつでしょ？　行きたい～」

「私も」

「私も行くー」

花岡さんの周りには、あっという間にオフィス中の女子が集まってきていた。いつも笑顔で社交的な彼女は、男性社員だけでなく女性社員からも愛されている。

だけど大学時代に彼氏の健太が心変わりしたあの彼女にどことなく似ていて、私はほんの少し苦手意識を持っていた。

思うに彼女は、不器用の塊のような私とは真逆の存在で、相容れるのが難しいのだろう。リーダーとして、後輩にそんな感情を抱いてはいけないのに、自分の未熟さが嫌になる。

「え、待って。これってもしかして、総務部の女子全員？　こんな大勢でフルーツ飴食べに行くの？」

「高校のときに戻ったみたい！　楽しそう！」

「し……っ、ちょっと待って！　高根さんがまだいる！」

誰かがささやいたその声で、女子たちの視線がいっせいに私へと集中するのがわかった。

なに食わぬ顔でパソコンに向かい、仕事の仕上げをしていた私だけど、自分に刺さる視線でヒリヒリするほど。

「大丈夫よ」

すると、ひりついたオフィスの空気を和ますように、花岡さんがいつものかわいい声を出した。

「高根さんは甘いもの好きじゃないから。スレンダーな体形を維持するために、徹底してるもの。私たちとは大違いだよー」

ふふふ、という愛らしい花岡さんの微笑みに染まるように、周りも笑顔になった。

「たしかに、あのこだわりのお弁当見たことある？　すっごいの！」

「私たちとは別次元の人だから、同じ感覚で考えちゃダメだよ」

「言われてみれば、高根さんがフルーツ飴をＳＮＳにアップとか、想像できない」

女子たちはそんなふうに納得し、「お疲れさまでした〜」とおざなりに私に声をかけて、きゃぴきゃぴしながらオフィスを後にした。

「鞠乃ちゃん、いらっしゃい！　今日も寒いね〜」

午後八時。

三センチヒールの音をカツカツと鳴らし、脇目も振らずに向かったのは、会社から五駅先のところにあるたい焼き屋台だった。ねじり鉢巻きでちょっとタコに似ている店主の吾郎《ごろう》さんが、人好きのする笑顔で今日も私を出迎えてくれる。

吾郎さんはたぶん六十歳くらい。冬が来るたびにこの場所でたい焼き屋台を出して、二十年になるらしい。

ふわふわのこだわり生地のたい焼きは、ほかでは味わえない至高の一品で、知る人ぞ知る名店だ。たい焼きメニューはあんこ、チョコレート、カスタードの三種類。私の大好物はカスタードだ。

「こんばんは。いつものください」

「あいよ、今日も疲れた顔してるね」

「また残業に時間かかってしまって」

「そっかそっか、大変だねぇ。カスタード大盛りにするから元気出しな！」

「ありがとうございます」

こんなふうに屈託なく堅物の私に話しかけてくれるのは、吾郎さんくらい。

残業なんて、本当はする予定はなかった。今日もきっちりぬかりなくタスクをこなしたはずだったから。

だけど帰ろうとしたところ他部署の人に呼び止められ、資料の作り直しをする羽目になった。

本当は花岡さんが担当した仕事だったけど、彼女はすでに帰った後だった。後輩のやり残した仕事は、リーダーの私が責任を負うべきだと思っている。

こんなふうに、みんなの帰宅後に私が仕事の穴埋めをした経験は、今まで何度もあった。

そういえば花岡さん、いつも定時帰宅だけど、今日はとくに素早かった気がする。大勢の女性社員を連れて、あっという間に帰ってしまったような。

もしかして、確信犯？

「なんか私、いいように利用されてる……？」

吾郎さんがカスタードをのせた生地を鉄板でパタンと合わせる作業を見守りながら、ひとりごちる。

うすうす勘づいていた。健太もそうだったから。

私はどうやら利用されやすい性格らしい。

完璧を装ってるけど、本当のところは誰よりも不器用でダメな人間なんだと思う。

「はい、二百円ね。毎度あり～」

硬貨二枚と引き換えに、店主さんからほくほくのたい焼きを受け取る。

屋台のすぐそばに石造りのベンチがふたつあり、私はたい焼きを持ってそのうちのひとつに腰掛けた。

「あー、おいひい。癒される……」

人目を気にせず、思いのままに大口を開けてかぶりつけば、あったかさが口の中いっぱいに広がって身に染みた。

がんばってもがんばってもうまくいかないことだらけだけど、吾郎さんの焼いた大好物のカスタードたい焼きを味わっているときだけは、すべてを忘れていられる。

普段は美容のために甘いものを避けているけど、この瞬間は、カロリーや糖質のことはいっさい考えないようにしていた。

会社の人には絶対に見せられない、素の自分に戻れる貴重な時間。

だから、完璧をおろそかにしてでも、この屋台に通うのをやめられない。

とくに、今日みたいな理不尽な残業に疲れた日は。

「いやあ、鞠乃ちゃん、いつ見てもいい食べっぷりだねぇ」

「吾郎さんの作るたい焼きがおいひいからですよ」

「相変わらずうれしいことを言ってくれるね」

吾郎さんが、目尻を下げながら答える。

「だけど実はね、俺も年だから、そろそろ屋台を畳むことを考えなきゃと思ったりもするんだ」

「えっ⁉」

吾郎さんからの予期せぬ告白に、私はかじりかけのたい焼きを両手に持ったままフリーズした。そんな私の反応を見て、吾郎さんが「ハハハ」と笑う。

「思っているだけの話だから、気にしないで。鞠乃ちゃんがおいしそうに俺の焼いたたい焼きを食べる姿を見たら、もう少しがんばりたいって、勇気をもらえるんだ。だからまだ畳むつもりはないよ」

「そうなんですか？　それならよかったです」

もぐもぐしながら、私はホッと胸をなで下ろした。

吾郎さんのたい焼き屋台がなくなったら、私は生きていけないかもしれない。

甘くてあったかいたい焼きと吾郎さんの笑顔に癒され、明日からまたがんばろうと、何度元気をもらったことか。

胸がじいんと震え、目頭が熱くなった。

「おや、鞠乃ちゃん。もしかして泣いているのかい？」

「吾郎さんが変なこと言うから……」

「ごめんよぉ。今のところ辞める予定はないから、安心して」

なぜか、吾郎さんも目をうるうるさせている。

「吾郎さん、おかわり！　さっきよりもっとカスタードたっぷりで！」

私は湿っぽい空気を蹴散らすように、明るい声を出した。

「おー、いいねえ、いいねえ！　しっかり食べてまた明日からがんばりな！　だいたい鞠乃ちゃんは細すぎるんだよ。ちょっと待ってな！　俺のたい焼き人生を懸けてカスタードを詰め込んでやるから」

数分後。

吾郎さんがこれでもかというくらいカスタードを詰めてくれた、パンパンのたい焼きを受け取る。

「いただきまーす！」

さっきよりもさらに口を大きく開けてたい焼きにかぶりつこうとしたとき。

「おじさん、カスタードひとつください」

耳に心地のいい男の人の声がした。

どうやらお客さんが来たようだ。

私はたい焼きにパクつく寸前で動きを止め、その男性に目を留める。

スラリと高い背に、少しだぼついたネイビーのスーツ、両目が隠れるほど伸びたボサボサの黒い前髪、レンズ厚めの黒縁眼鏡。

そんな彼の姿を見た私は、絶句した。

今日のお昼あたりに一瞬やり取りをした、同じ会社の社員だったからだ。

たしか情報システム部の、三つ年下で、名前はなんだったっけ……？

「おー、佐々木《ささき》くん、おつかれー」

そうそう、佐々木蒼《そう》。

女性慣れしていそうな雰囲気の人が多い社内ＳＥの中で、ひとりオタク臭を漂わせている異様な存在の社員。高身長なのにあか抜けず、『無駄に背だけ高いモサ男』ってどこかの毒舌女性社員が言っていたのを聞いたことがある。

たしかゲームがものすごくうまくて、大学時代にｅスポーツの大会で有名な賞を獲ったとかなんとか。その手のことに疎い私には、すごさがイマイチわからなかったけど……。

「佐々木くんも、そこのお嬢ちゃんみたいに、クリームサービスしとこうか？」

「はい、お願いします」

三十路の女性を〝お嬢ちゃん〟呼ばわりする吾郎さんへのツッコミもなく、佐々木くんが淡々と答える。

私はゴクリと唾を飲み込むと、大きく開けていた口をぎこちなく閉じ、ちまちまとたい焼きをかじった。

会社から五駅先の、快速だったら飛ばされるこんなマイナーな駅で、まさか同じ会社の人に会うなんて思いもしなかった！

大口でたい焼きを頬張る姿なんて、私のイメージじゃない。

軽蔑されたらどうしようと、変な汗が背中に湧いてくる。

だけど佐々木くんは私の存在など気にも留めず、吾郎さんからたい焼きを受け取ると、ふーふーしながら食べ始めた。

ほくほくと立ち上るたい焼きの湯気の先には、真っ白に曇った佐々木くんの眼鏡が浮かんでいる。

「おじさん、ありがとうございました」

「おー、また来てな～！」

佐々木くんはすぐに食べ終えると、私の方をちらりとも見ずに、屋台から去っていった。

もしかして、私が同じ会社の人だって気づいてないのかな？

他人には無関心そうな佐々木くんならありえる。

「よかった……」

私はホッとしつつ、再び思いっきり大口を開けてたい焼きを頬張った。


「また……？」

数日先の終業後、私はあぜんとしていた。

この間に引き続き、みんなが帰った後、作成した資料へのクレームが他部署から届いたのだ。

「これ、終わらないんだけど」

午後十時。

この時間になるとオフィスからは人が消え、照明も最小限に落とされてひっそりとしている。そんな中、私はひとりで延々とパソコンに向き合っていた。

クレームの届いた資料は、花岡さんと瀬戸さんが作成したものだった。

瀬戸さんはまだ、一生懸命やってうまくいかなかったような形跡がある。だけど花岡さんのは、あきらかに手を抜いていた。

今日も速やかに帰っていった彼女は、もしかしてハナから私にクレーム処理をさせる気だったんだろうか。

「とにかく、やるしかない」

もとはといえば、社員をきちんと指導できていないリーダーの私が悪いのだ。

「今日は徹夜覚悟でやらなきゃ」

私はよし、と気合いを入れると、まずは化粧を落としにかかった。

化粧はその日のうちにしっかり落とさないと、肌のくすみにつながる。今日はお風呂に入れないかもしれないけど、化粧だけはなにがなんでも落としたい。

携帯用の鏡を見ながら、引き出しに常備しているふき取りタイプのメイク落としシートで化粧を落とす。あっという間に、地味な素顔の私に戻った。

肌が呼吸できている気がする。化粧水でたっぷり肌を潤して、再び仕事にとりかかった。

およそ二時間後。

「終わったー！」

私はパソコンを前に、喜びの声をあげた。メールに資料を添付して、送信。

なんとか終電に間に合いそう！　徹夜せずに済んだみたい。

鼻歌を歌いながらデスクチェアから立ち上がったときだった。

「あの」

耳もとで大きめの男の人の声が響いて、肩をビクッと跳ね上げる。

振り返った先にいたのは、あろうことか、先日たい焼き屋台で会ったばかりの佐々木くんだった。相変わらず長い前髪と黒縁眼鏡のせいで、表情がわかりにくい。

私はきょとんとした後で、みるみる青ざめた。

私、どすっぴんなんですけど！

会社では封印していた地味顔を、惜しげもなくさらしてるんですけど！

「すみません。何度も声をかけたんですが、気づいていないようでしたので」

私の動揺などなんのその、いつもの淡々とした調子で佐々木くんが言う。それからファイリングされた資料を差し出してきた。

「今日の午前中に起こったシステムトラブルの報告書です。トラブル系の報告書は紙でも保存するから、総務部に提出しないといけないので。明日にしようかと思っていたんですが、まだいらっしゃるようでしたので、持ってきました」

「あ……」

そういえば朝、たしかにそんなことがあった。

ホームページにつながらないっていうクレームが数件寄せられたんだっけ。優秀なSEたちがフル稼働してわずか十分で復旧したけど、こんな時間まで報告書の作成に追われていたとは知らなかった。

「あ、ありがとうございます。遅くまでお疲れさまです」

「はい。それはお互いさまです」

同じ会社とはいえ、部署も年齢も違う私と佐々木くんに縁はない。人見知り同士特有の気まずい空気が流れる。

私としては、同じたい焼き屋台を贔屓にしているという、彼との共通点を感じている。だけど先日の彼の態度を思うと、たい焼き屋台にいた大口を開けた女と、目の前にいるどすっぴんの女が同一人物だとは、気づいてもいないようだ。

社内の人に、初めて地味な素顔を見られてしまった。

終わった……。

魂が抜けたような気分で、佐々木くんから資料を受け取る。

佐々木くんは私のどすっぴんなどまったく興味がないような様子で、軽く頭を下げると総務部から去っていった。

今さら化粧をし直す気も起こらず、私はノーメイクのまま帰宅することにした。黒のマフラーをぐるぐる巻きにして口もとを覆い、なるべく顔が隠れるようにして、エレベーターに乗り込む。

「あ……」

すると、エレベーターの中でまた佐々木くんと鉢合わせた。

会釈する佐々木くんに私も頭を下げ返し、彼の半歩前に佇む。

時間外の出入口になっている裏口に向かうと、必然的に佐々木くんもうしろからついてきた。

お互い無言のまま薄暗い廊下を歩いて外に出ると、冷たい夜風が全身を包み込む。

十一月終わりの夜は、けっこう寒い。

残業で疲れ果てた後だと、余計に寒さが身に染みる。ノーメイクだからなおさらだった。

だけど後輩が見ている前で気弱な態度を見せるのは、完璧主義の私のプライドが許さない。

スッと背筋を伸ばし、三センチヒールでカツカツとアスファルトを踏み鳴らして、颯爽と駅に向かう。

「駅まで一緒に行きます」

背後から声がして、私は振り返った。

違う方向に行ったと思っていた佐々木くんがそこにいた。相変わらず表情がよくわからず、私に話しかけたようには見えない。

疲れているせいで、幻聴が聞こえたのかな？

そう思って再び前を向こうとすると。

「行きましょう」

佐々木くんが私の隣に並んで歩き始めたから、私はポカンとした。

「え？　送ってくれるの？」

「はい、もうかなり遅いですし」

天気の話でもするかのように、佐々木くんが淡々と答える。

戸惑いつつも、断るのも失礼だと思い、私は佐々木くんと並んでネオンの輝く夜道を歩き始めた。

どういう状況？という戸惑いで、心臓が変なふうに鳴っている。

たぶん佐々木くんも同じ駅で乗るから、道が一緒なんだろう。それなら気まずいまま同じ方に向かうより、一緒に帰る形にした方がマシだから、あんなふうに声をかけたのかな。

そうに決まってる!

「たい焼き、お好きなんですか?」

突然、佐々木くんが話しかけてきた。

「え?」

「この間、たい焼き屋台でお会いしたじゃないですか」

私はみるみる目を見開いた。

あのとき、佐々木くんは私のことなんて眼中にないようだったけど、どうやら気づいていたみたい。

もしかして、大口開けているところも見られてた?

一瞬だけ焦ったけど、どすっぴんをさらしている今、もはやどうでもよくなった。

「うん。あそこのカスタードたい焼きが大好きで、ときどき仕事帰りに買うの」

「俺もなんです。あんなにうまいたい焼き今まで食べたことがなくて、初めて食べたときは感動したなぁ」

佐々木くんが、しみじみと言った。

淡々としていてどこかロボットっぽい彼の、人間らしい一面を初めて見た気がする。

私は「わかる」と深くうなずいた。

「あのたい焼きのうまさを理解してくれる人に会えてうれしいです」

「私もよ。生地もふわふわだけど、カスタードもほかとは違うのよね。バニラビーンズの品質と量にこだわってるって、前に店主の吾郎さんが言ってた」

「なるほど。いや、あのたい焼きはほんと三ツ星レストランレベルですって」

「それ吾郎さんに言ったら？　きっと喜ぶよ」

他愛のない会話を交わしながら、私たちは並んで歩き続けた。

大口開けているところもどすっぴんも見られてるせいか、佐々木くんの前では気負う必要がなくて、なんだか楽だ。

駅の改札が見えてきた。

「じゃあ、俺はここで」

人通りが増えたところで佐々木くんは私に向かってぺこりと頭を下げると、もと来た道を引き返していった。

「え？　この駅から電車に乗るわけじゃないの？」

私はぼうぜんとその場に立ち尽くしたまま、人より上背の高い佐々木くんのうしろ姿を見送る。

わざわざ私を送るために、ついてきてくれたってこと？

『夜は気をつけた方がいいよ。最近あの辺りに痴漢が出没するって噂聞いたから』

『あー、俺それ知ってる！　秘書課の子が被害に遭ったたってやつだろ？』

ふと、いつか聞いた社員たちの会話を思い出した。

「もしかして佐々木くん、私を気遣ってくれたの……？」

総務部のしっかり者のアラサーリーダー、完璧主義で隙がなく、人に厳しい。

そんなイメージの定着している私が、同じ会社の人からこんな気遣いを向けられたのは初めてで、胸がドキドキした。

ふわふわとした気分で改札を抜け、ホームに続くエスカレータに乗る。

でもよく考えてみたら、ありえない。

花岡さんみたいな若くてかわいい女の子ならまだしも、アラサーで逞《たくま》しい私を気遣う年下男子がどこにいるの？

私はブンブンとかぶりを振って、降って湧いた期待を頭の中から追い払った。

ホームにたどり着くと、十一月の冷えた夜風がノーメイクの肌を優しくなでた。

すぐに、電車の到着を知らせるメロディが流れる。

耳慣れたはずの音楽が、今夜はなぜか耳に心地よく感じた。

二章　ずっとひとりだったけど

「おはようございます。いやぁ、高根さんは今日も綺麗《きれい》ですね」

出社して早々、デスクでキーボードを叩いていると、梶田くんがいつもの軽い調子で話しかけてきた。私は普段どおりに返事をする。

「梶田くん、おはよう」

「相変わらずそっけないなぁ。でもそんな隙を感じさせないところがまたかっこいいですよねー。誰かと違って大口開けてご飯とか食べなそう」

「ちょっと梶田さん、誰のこと言ってるんですか！」

私の斜め向かいのデスクにいる瀬戸さんが真っ赤になっている。

「え？　飲み屋でジャンボ焼売をひと口で食べた瀬戸さんのことなんて言ってないよ」

「あれは酔っ払ってたんですって！　いつもはあんなことしません。茶化さないでくださいよ！」

赤い顔で抗議する瀬戸さんと、そんな彼女を見て楽しそうに笑っている梶田くん。

いつもオドオドして、ほかの社員とは距離を置いていた瀬戸さんと、いつの間にか仲よくなったみたい。

さすがはコミュ力の高い梶田くん、リーダーの私にはどうにもできなかった瀬戸さんとの壁を、いとも簡単に越えたようだ。

「ふふ、酔っ払ったときの瀬戸ちゃん、かわいかったよー。でも二日酔い大丈夫？」

花岡さんが、小首をかしげながらふたりの会話に入ってくる。今日も今日とて可憐な花のように愛らしいその仕草に、梶田くんの目が釘付けになっているのがわかった。

「あ、はい、大丈夫です。お酒は強い方なんです」

「えー、意外！　かわいいからお酒弱そうなのにー」

「か、かわいい⁉　そんなことないですよ！　花岡さんの方がよほどかわいいです！」

瀬戸さんが、真っ赤になって片手をブンブン振っている。

「ふふ、ありがとう。でも瀬戸さんも本当にかわいいよ。妹にしたいくらい」

花岡さんはそう言うと、瀬戸さんに屈託のない笑顔を向ける。瀬戸さんが、梶田くんだけでなく花岡さんとも距離を縮めたのを感じた。

ほかにも三、四人集まってきて、昨夜の飲み会の話で盛り上がっている。どうやら、昨夜みんなで飲みに行ったみたい。

いいなあ……。

キーボードを叩く手を止め、楽しそうなみんなをうらやましく思いながら眺めていると、ふいに瀬戸さんと目が合った。

とたんに瀬戸さんは真っ青になり、私からパッと顔を逸らす。

あきらかに怖がっている態度だった。

そんなつもりはまったくなかったけど、睨んでるように見えたのかな？

いち早く瀬戸さんの様子に気づいた花岡さんが、彼女の体をぎゅうっと抱きしめる。

「瀬戸ちゃん、だいじょーぶよ！　私たちは瀬戸ちゃんの味方だから！」

「えっ？　あ、はい……ありがとうございます」

突然のスキンシップに戸惑ってはいるものの、瀬戸さんはうれしそうだ。

「いいなー。花岡さん、僕も抱きしめてよー」

「ちょっと梶田先輩、それってセクハラ発言ですよ！」

おどける梶田くんに花岡さんが厳しめの声を返し、周囲が笑い声に包まれる。

和気あいあいとしたオフィスで、ひとり黙々とパソコンに向かっている私だけが、完全にアウェイの状態だった。

私のことが苦手という共通点によって総務部のみんなの心がつながった空気を、なんとなく感じ取る。

居たたまれない気持ちで顔を上げると、入口のガラス戸の向こうに、ネイビーのスーツを着たボサボサ前髪がちらりと見えた。

佐々木くんだ。

駅まで送ってもらって以来、佐々木くんの姿をよく見かけるようになった。

といっても佐々木くんは普段どおりで、私が意識するようになっただけの話だと思うけど。

廊下で親しげに挨拶を交わす社員たちの中を、佐々木くんは我関せずという様子で通り過ぎていく。

いつもそっけない態度なのか、周りもとくに気にはしていないようだ。

そんな一匹狼的な佐々木くんを見ていると、なんだかホッとした。

やっと終わったー！

最後のキーを勢いよく叩いた後、私は心の中で叫んだ。なんせ、膨大な製品検査記録データを入力するのに、丸二日もかかったのだ。本当はバンザイをして大声で叫びたいのをぐっとこらえる。

忙しすぎてお昼も食べずじまいだったから、さすがにおなかが空いた。

今はもうメールの文面を考える気力も起こらないから、依頼先の研究開発部に送るのは空腹を満たしてからにしよう。

私は財布を手にして立ち上がると、上階にある休憩スペースに向かった。

自販機で、ペットボトルのミネラルウオーターとバランス栄養食品バーを買う。最近忙しくて、朝に水筒とお弁当を用意する気力が湧かなかったからだ。

椅子に座り、ひとりで遅い昼食をとる。

ああ、窓の向こうの空が青い……。

私はバランス栄養食品バーをかじりながら、遠い目をした。

だけどこれで、面倒な仕事はひとまず終わった。あとは軽い仕事をすれば、今日のタスクは終わり。久々に定時で帰れそうだ。

清々しい気持ちでフルーツ味のバーを味わっていると。

「総務部の花岡莉愛、マジでかわいいよな～」

「総務部だったら、リーダーも美人じゃないか？　高根なんたらっていう」

そんな声が耳に入ってきて、私はミネラルウオーターのペットボトルを取ろうとした手を途中で止めた。

少し離れた席で、ふたりの男性社員が会話をしている。こちらに背を向けているため、私の存在には気づいていないみたい。

「俺はあれはナシだな、お局感強すぎて無理。やっぱり莉愛ちゃんだよ。癒し系でホッとする」

「俺は気が強そうな女の方がいいけどなー。ハイヒールで踏みつけられたい」

「お前、変態だったのかよ」

ぎゃはは、と笑う彼らの声を耳にしながら、私は不快な気持ちになっていた。

女性を値踏みするような男性たちの会話は苦手だ。

その場にいたくなくなり、早々に栄養食品バーを食べ終えると、休憩スペースを後にした。

オフィスに戻ると、スリープ状態にしていたパソコンをオンにする。さっそく品質管理データを研究開発部に送ろうとしたところ、保管したはずの場所にファイルが見あたらない。

「え……？」

記憶違いかなと思って別の場所を捜してみたけど、やっぱりなかった。検索にかけても見つからない。

「え？　え？」

だんだんパニックになってくる。マウスをカチカチと鳴らしてくまなく捜してみても、どこにもない。私が二日かけて入力し終えたデータは、パソコン上から綺麗に消えていた。

「嘘でしょ……」

頭の中が真っ白になる。指先が震え、うまくマウスを操作できなくなった。

夢でも幻でもなかった。絶対にデータ入力を終えて、パソコン上に保存したはずだ。それなのに消えたなんてありえる？

まるで神隠しにでも遭ったかのような気分だった。

提出期限は今日中。……間に合わない。

こうなるなら仕上げて早々にメール添付して送ればよかったと後悔しても、もう後の祭り。研究開発部に連絡して謝って、また一からデータ入力するしかない。

「はい、はい、申し訳ございません。至急取りかかって明日には……はい。今後は絶対にこのような事態がないようにいたします」

急を要することだからメールでは失礼だと思い、研究管理部長の八田《はった》さんに電話をかけた。心臓がバクバク鳴っているのを感じながら電話を切り、再びパソコンに向き合う。

八田さん、声の感じだとかなり怒ってた。そりゃそうだよね……。

それにしても、どうしてデータが消えたの？

まっさらなファイルを開いて、あれこれ原因を考えても、どうしてもわからない。あるのは、締め切りは今日なのに、二日かかるデータ入力がなにひとつできていないという地獄のような現実だけ。とにかくこの状況を受け入れ、前に進むしかない。

自分の身に降りかかる出来事は、すべて自己責任。そんな考え方でこれまで生きてきた。

物事は、誰かのせいにしても解決しない。人を変えるのは簡単じゃないからだ。だけど自分を変えることなら、意思次第でどうにでもなる。

私が責任を負えば、がんばれば。

努力すれば、完璧でいれば。

ふうっと小さく息を吸い込んで、気持ち新たにデータ入力を始めたとき。オフィスの扉がバンッと開いて、白衣を着た初老の男性が入ってきた。

先ほど電話したばかりの、研究管理部長の八田さんだ。

私にクレームを言いに来たんだろうと、すぐに察知した。

「高根さん、間に合わないってなに？　君を信頼して依頼したのに」

普段は穏やかな八田研究管理部長が、いつになく厳しい顔をしている。電話だけでは、腹の虫が治まらなかったのだろう。

私は慌ててデスクチェアから立ち上がると、八田研究管理部長に向けて深く頭を下げた。

「申し訳ございません」

急にデータが消えた、なんていう言い訳がましいことは言いたくなかった。経過がどうであれ、責任は全部私にあるのだから。

「わかってるのかい？　明日の会議までには資料が必要なんだよ？」

「重々承知しております。会議までには必ず間に合わせます。本当に申し訳ございませんでした」

「まったく。そんな調子なら、リーダーを交代した方がいいんじゃないか？」

そうとう苛立っているのか、八田研究管理部長は不似合いな嫌みを口にしながら、颯爽とオフィスから出ていった。

バタンと乱暴に閉められたドア、頭を深く下げたままの私、静まり返ったオフィス。

みんなが私に注目しているのがわかった。

「八田研究管理部長があんなに怒ってるとこ、初めて見た。あれ、かなりやばいんじゃない？」

「八田研究管理部長って社長の親友なんでしょ？　あのぶんだと高根さん、リーダー降ろされるかもね」

「ていうか大ミスしておきながら、あの落ち着きよう、ありえなくない？」

ヒソヒソと耳打ちし合う声を聞きながら、私は再びデスクチェアに座り、パソコンと向き合う。

毅然と背筋を伸ばしてはいるけど、タイピングする指先がかすかに震えていた。

なにも聞かなくていい。

なにも考えなくていい。

とにかく、入力を続けないといけない。

手を止めてはいけない。

死んでも会議までに間に合わせるんだ……。

そんなふうに繰り返し呪文のように自分に言い聞かせて、私は一心不乱に入力作業を続けた。

「お疲れさまです」

「おつかれっしたー」

午後六時過ぎ、社員たちがポツポツと帰宅を始める。オフィスはすぐにがらんとし、残すところ私ひとりになった。

誰もいないオフィスでは、カタカタというタイピング音が、嫌になるほど耳につく。まったく終わる気配がない。

休憩なしで夜どおし打ち込んでも、約束の時間までに間に合うかどうか……。

この間のように、徹夜覚悟だからといって、化粧を落とす余裕もなかった。

肌がパリパリになろうと、髪がバサバサになろうと、死に物狂いで間に合わせなければならない。

気づけば午後十時になっていた。

どの部署の残業組も、さすがにもう帰っているだろう。

私は一瞬たりとも手を止めなかった。手首と指を酷使しすぎて痛くなってきたけど、休もうとも思わない。

ひとりきりの夜のオフィスは孤独だった。

ひどく閑散としていて、人の温もりがまるで感じられない。いつもに増してひとりぼっちなんだと思い知らされる。
そんなのどうでもいいから、がんばれ。
なにがなんでもやり遂げるんだ。
――ポタッ。
「あれ……？」
手の甲に濡れた感触がして、私は思わず手を止めた。
涙だった。
無意識のうちに泣いていたみたい。
「どうして涙なんか……」
泣いている暇があったら、手を動かさないといけないのに。
だけどあふれ出る涙は止まらなくて、次から次へと頬をすべり落ちていく。
キーボードの上にポタポタと落ちて、壊れるんじゃないかと心配になった。
それなのに、どうすることもできなくて。
戸惑いと情けなさで胸がいっぱいになり、ついに手を止めたとき――。
「あの」
誰もいないはずのオフィスに、聞き覚えのある声が響いた。

見上げた先に立っていたのは、今日もボサボサ前髪に黒縁眼鏡の佐々木くんだ。

「え？　佐々木くん……？」

私はきょとんとしてから、慌てて涙を拭った。

「どうしてここに？　またなにか提出物？」

洟《はな》をすすり上げ、無理に平常を装うと、佐々木くんが目を伏せる。

「八田研究管理部長が、高根さんに迷惑をかけられたって、休憩スペースで研究員にぼやいていたので気になりまして」

「あーなるほど……」

八田研究管理部長があの休憩スペースをときどき利用しているのは、私も知っていた。陰口とか言わなそうな八田研究管理部長がぼやくなんてよほどだ。

今さらのようにやってしまった感に打ちのめされていると、佐々木くんがわずかに声を大きくした。

「誰よりも真面目で他人のためにがんばっている高根さんが、人に迷惑をかけるなんておかしいと思ったんです」

「え……？　どうしてそう思ったの？」

驚いたのは、私たちが互いをよく知らないからだ。

そんなふうに評価されるほど関わっていない。

佐々木くんが、戸惑う私を見て目を泳がせた。

「……夜遅くまで残業をがんばるような人だから、そう感じたまでです」

早口でそう付け加えられ、私は以前に残業した際、佐々木くんに駅まで送ってもらったときのことを思い出した。

「そうね」

真面目なのはあたっている。真面目なのか単に不器用なのか、判断がつきにくいところだけど。

私が納得したのを確認してから、佐々木くんが黒縁眼鏡の奥から真っすぐこちらを見る。

「だから、なにがあったか俺に話してくれませんか？」

「……うん」

他人に弱いところを見せるなんて、普段の私だったら考えられない。だけど孤独に打ちのめされている今は、佐々木くんの温かい言葉に心を突き動かされ、気づけばすべてを話していた。

「保存したはずのデータが跡形もなく消えてしまったんですか。それは妙ですね」

私の話を聞き終えた佐々木くんが、いぶかしげに言った。

「そうなの、こんなこと今まで一度もなかったのに。きっと私がなにか変なことをしたんだと思う」

最近疲れていたし、ミスをしてもおかしくない状況だった。

完璧な自分に慢心していたのもあると思う。

佐々木くんは、片手で顎をさすりながらなにかを考え込んでいる。

「でしたら、俺も手伝います」

肩を落としていると、佐々木くんの思いがけない声がして、私は一瞬耳を疑った。

「え……？」

「このノートに書いてあるデータを入力するんですよね？　ここから先は俺が請け負うので、シートのコピーを送ってもらっていいですか？」

佐々木くんはテキパキとノートに付箋を貼ると、自分のリュックからパソコンを取り出し、私の隣のデスクに手早く広げた。

デスクチェアに腰掛け、必要なデータを早く送れとばかりにじっと見つめられ、躊躇する。

「でも、他部署の佐々木くんには関係ないから」

「関係なくはありません。同じ会社の社員です」

はっきりとそう言いきられ、思いがけず胸が震えた。

『お疲れさまです』

『おつかれっしたー』

痛恨のミスの後処理に追われる私を気の毒そうに見ながら、自分とは関係ないとばかりに、そそくさと帰っていった総務部の人たち。

私は本当は、私の仕事を一番近くで見ているあの人たちに、声をかけてほしかったのかもしれない。

高根さんがそんなミスをするわけがない、きっとなにか原因があるはずだ。同じ部署の人間としてできる限り手伝いたい——そんなふうに。

それなのに、まったく関係ない部署の佐々木くんが望んでいた言葉をくれるなんて。

震える唇を噛みしめる。

本当は甘えたい、助けてもらいたい。

でも佐々木くんは違う部署の、今回の件とはまったく関係のない後輩で……。

「俺、高校のときにタイピング大会で日本一になったんです」

どうしたらいいかわからずにいると、佐々木くんがサラリと言った。

うつむいていた私ははたと顔を上げる。

「に、日本一？」

「はい。だからかなりの戦力になると思いますけど」

まるで私を安心させようとするかのように、おどけた口調になる佐々木くん。

タイピング日本一って、かなりすごくない？

「それなら……」

どれほどの腕前か気になった私は、佐々木くんの押しに負けるような形で、必要なデータを彼のパソコンに送信した。

佐々木くんのタイピングはすさまじかった。

それはもう、指の動きが目で追えないほどのスピードで、速い方だと自負していた自分のタイピング技能が恥ずかしくなるくらい。

休みなく鳴り響く佐々木くんのタイピング音に負けないよう、私もがむしゃらに打ち込み続けて数時間後。

「お、終わった……！」

柄にもなくバンザイをし、歓喜の大声をあげたときには、窓の向こうがうっすらと明るくなっていた。

午前六時三十分。予想していたよりだいぶ早い。

「終わった、終わった……！」

感動と興奮で、頭が混乱している。緊張しっぱなしだった肩の力がどっと抜けて、今にも倒れそうだった。

「よかったですね」

隣の席で、佐々木くんがうっすらと笑みを浮かべていた。

窓から降り注ぐ朝の光に照らされた佐々木くんの顔は、徹夜明けとは思えないほど清々しい。もちろん長い前髪とレンズ厚めの眼鏡のせいで顔は見えないけど、なんだかとてつもなくかっこよく目に映る。

「佐々木くんのおかげよ。私の二倍くらい入力してくれたから。本当に本当にありがとう！」

勢いあまって握手を求めれば、佐々木くんはしっかりと握ってそれに応えてくれた。

「いえ、お役に立ててよかったです」

佐々木くんの手のひらは大きくて熱くて、なんだか逞しく感じた。

手を差し伸べてくれたのが彼じゃなかったら、間に合っていなかっただろう。孤独な私の心に寄り添ってくれただけでなく、貴重な戦力になってくれて、泣きつきたいほど感謝している。

私は握手の手を離すと、真っすぐに佐々木くんを見つめた。

「お礼をさせて。助けてもらって、なにもしないわけにはいかないわ」

「お礼ですか？ うーん、だったら米田屋《よねだや》の朝定食奢ってください」

「朝定食？ そんなのでいいの？」

全国チェーンの牛丼屋、米田屋の朝定食って、鮭と納豆と牛皿とご飯とお味噌汁とお漬物で六百五十円の、あの憧れの定食……？

ずっと食べたかったけどひとりで行く勇気がなくて、我慢してたもののひとつだ。

お礼どころか、自分へのご褒美になってしまうじゃない。

「そんなのもなにも、それがいいんです。米田屋って、だいたいの人が好きじゃないですか？ 高根さんも好きでしょ？」

朝の光の中、口もとだけで微笑む佐々木くんは、やっぱりとてつもなくかっこいい人に見える。徹夜明けマジックなのかも。

彼の優しさが伝わってきて、胸がドクンと高鳴った。

『高根さんが、激安が売りの定食屋なんか行くわけないでしょ！』

いつか聞いた誰かの声が、耳によみがえる。

さっそく立ち上がって私と一緒に米田屋に行く気満々になっている佐々木くんは、私が米田屋を好きで当然だと思っている。

自分で作り上げていた近寄りがたいイメージは、彼には浸透していないらしい。単に他人のイメージなんかに関心がないだけなのかもしれないけど、心がじいんとして、自分でも驚くほど素直に口から言葉がこぼれ出ていた。

「うん、好きよ」

「やっぱり」

「じゃあ、行く？」

「はい」

笑顔で誘うと、佐々木くんはどこか照れたようにうなずいた。

先にオフィスを出ていく背の高い彼の背中を、うしろから追いかける。

明るい朝の光に包まれた廊下を進む三センチヒールの足音は、徹夜明けだというのにいつもより弾んで聞こえた。

佐々木くんと一緒に食べた米田屋の朝定食は、泣きそうなくらいおいしかった。

温かいお味噌汁とほかほかのご飯が、疲れた体に染み入る。絶対に終わらないと思っていた仕事をやり終えた達成感と、憧れの朝定食をついに食べられた感動とで、胸がいっぱいだ。

佐々木くんと定食屋の前で別れてから腕時計を見ると、就業開始まで少し時間があった。シャワーだけなら、ギリギリ浴びに帰れそうだ。

急いで帰宅し、息をつく間もないほどの速さでシャワーを浴びて、再び出社。

さっそくひと晩かけて作成した検査記録データを持って、研究開発部に行く。出社したばかりの八田研究管理部長をつかまえ、何度も頭を下げてデータを渡した。

八田研究管理部長は早朝から待ち伏せされて驚いた顔をしつつもデータを受け取り、ホッとしたような表情を浮かべる。

「昨日は失礼なことを言って、本当にすまなかった。仕事が立て込んでいて、余裕がなかったんだ」

「お気になさらないでください、悪いのは私なのですから。このたびは、本当に申し訳ございませんでした」

私は八田研究管理部長に向かって、改めて深々と頭を下げた。

もうこんなミスは絶対にしないと、心に誓う。

今よりもずっと完璧を目指さなきゃ。

ひとつのミスもないように、誰かの期待を裏切らないように。

そう考えた直後に、ふとさっき食べた朝定食の素朴な味が思い浮かんだ。

佐々木くんとご飯を食べていたあの時間は、気が緩んで、人前であくびが出ようがどうでもよくなり、なんだかとても幸せだった。

完璧でいることは、本当に正解なの……？

そんな疑問が心にもたげたけど、考えてはいけない気がして、私は気づかないフリをした。


研究開発部を離れて総務部のオフィスに戻ると、半数近くの社員が出社していた。

ひと晩ぐっすり寝たであろう同僚たちの表情は、みんな清々しい。

「高根さん、おはようございます。昨日、どうなりました？」

あくびをこらえつつデスクで仕事の準備をしていると、今日もまつげくるんくるんの花岡さんが、笑顔で話しかけてきた。

「おはよう、花岡さん。昨日の、なんとか間に合ったの」

「ええっ、間に合ったんですか？　すごーい、さすが高根さん完璧！」

驚いた花岡さんの高い声がオフィスに鳴り響き、社員たちがいっせいにこちらに集まってくる。

「高根さん、昨日の八田研究管理部長の件、大丈夫だったんですか⁉」

「うん、なんとかなったわ」

「あんなに大量だったのにすごくないですか⁉」

「それは……」

「だよねー！　私には絶対無理！　さすが高根さん！」

佐々木くんに手伝ってもらったことを言わなきゃと思ったけど、声を出す間もなく花岡さんがみんなの受け答えをする。いつの間にか会話の中心が花岡さんになっているけど、いつもどおりだ。

当の本人を差し置いて盛り上がっている社員たちは気にせず、私はいつものように淡々と今日の仕事を進める。

徹夜明けで眠くて仕方がない。

急いで化粧を落とし、すぐにし直したので、素肌を休ませる時間がなかった。肌コンディションも最悪だ。

だけど無関係なのに手伝ってくれた佐々木くんを思うと、そんなことを気にしていられなかった。

佐々木くんも徹夜明けでしんどい思いをしてるんだから、私もがんばらなくちゃ。

そして私は、睡眠不足で朦朧としながらも、なぜか今までにないほど満足な気分で、その日の仕事に励んだのだった。


昼休み。

オフィスのみんなが食事をしに出払ったのを確認してから、コンビニにお弁当を買いに行く。

野菜たっぷりのローカロリー弁当と玄米茶を手に取り、レジに並んでいる途中、棚に陳列された栄養ドリンクが目に入った。

佐々木くんに差し入れに持っていこうかな。

徹夜したんだから、絶対にしんどい思いをしてるよね。

勢いのままカゴに栄養ドリンクを入れる。

お弁当を食べ終えてから、私は栄養ドリンクを入れたビニール袋を手に、情報システム部のあるフロアに向かった。

だけどエレベーターで上階に向かうにつれ、だんだん不安になってくる。

徹夜までして手伝ってもらったのに、差し入れが栄養ドリンクだけって少なくない？　仮にも私は、総務部のリーダーなのに。

変なプライドが生まれて、とっさに休憩スペースのある階で降りる。

本当はぴよこ饅頭でも買いたいところだけど時間がないから、自販機でコーヒーとお茶を買って差し入れに加えようと考えていると。

「それにしても高根さん、あの量をひと晩で入力するなんて、すごくない？」

聞き覚えのある声がして、私は足を止めた。

休憩スペース近くのトイレのそばで、総務部の女性社員が話し込んでいる。

花岡さんと、花岡さんの同期で背の高いベリーショートの西田麻子《にしだあさこ》さん、それから瀬戸さんだ。

とっさに柱の陰に身を隠し、聞き耳を立てた。

「びっくりしちゃった。私には無理だもん」

続けざまに、花岡さんが言う。

会社中の男性社員からかわいいと評判の彼女は、いろいろな部署の人がいるこのフロアでも、チラチラと視線を浴びていた。

「高根さんって本当に能力高いよね。だからダメダメな私に苛立つみたいで、いつも怒られてばかりなの」

シュンと肩を落とした花岡さんの肩を、西田さんが励ますように叩く。

たしかに花岡さんの仕事の尻拭いをした翌日、私は彼女に厳しい言葉をかけた。それ以外でも厳しくした覚えもある。

だけど苛立ちから叱責したわけではない。

彼女があきらかに仕事に対して手を抜いているから、責任を持ってほしいと注意しただけだ。

「元気出しなよ、莉愛。高根さんはなにしても完璧でしょ？　だから自分基準で物事を考えて、無理難題を押しつけてくるの。できない人の気持ちがわからないのよ」

「私もそう思います。高根さんは人に求めすぎです」

瀬戸さんも、西田さんの意見に深くうなずいている。

そんな彼女の様子に、私はショックを受けた。

私のいないところで、こんなふうに陰口を言い合ってたんだ……。

心臓がドクドクと不穏な音を鳴らし、背中に嫌な汗が湧く。

花岡さんが、泣きそうな顔を西田さんと瀬戸さんに向けた。

「ありがとう、ふたりとも。勇気出た。それにしても、今回の件、なんか変じゃない？」

「どういうこと？」

西田さんが首をかしげる。

「あの完璧な高根さんが、仕事を時間内にこなさないなんて、今まであった？」

「たしかに言われてみれば、一度もなかったような」

「言いにくいんだけど……自作自演の可能性はない？」

「えっ？」

驚いた西田さんと瀬戸さんの声が重なった。

「データが消えたことにして、わざとピンチを装うの。一度自分を落としておいて自力で切り抜けたみたいに見せたら『あの時間内に仕上げたなんてすごい』って、上からの評価がよりいっそう上がるって思わない？　八田研究管理部長も、昨日とは打って変わって、今日は高根さんを褒めちぎってたらしいし」

「たしかに、総務部でもヒーロー扱いでしたよね」

瀬戸さんが、聞いてはいけない話を耳にしてしまった、というようなものの言い方をした。

西田さんが「うわー」と声をあげる。

「策略家だー。そうまでして自分の評価を上げたいのかな？　やっぱりリーダーにまで上りつめる人って、貪欲なのね」

西田さんの嫌悪感あふれる顔に、私はまたしてもショックを受ける。

総務部の人たちに一線を引かれているのはわかっていた。

近寄りがたいと思われているとも、肌で感じていた。

だけどこの様子だと、単に一線を引かれているだけではなさそう。

……私、みんなに嫌われてる？

まるで中学生の頃に女子グループから疎外されたときのような、なんとも言えない孤独感が胸に刺さる。

他人の評価なんて気にしちゃダメ。

柱の陰でうつむきながら、何度も自分に言い聞かせる。

だけどどうしてもうまくいかない。

いつもポーカーフェイスを装っているけど、本当のところは誰よりも気にするタイプなのだ。そんなあまのじゃくな自分が本当に嫌になる。

「あの、なにか？」

すると西田さんのいぶかしむような声がして、私は沈んだ気持ちのまま顔を上げた。

柱の向こうに広がる光景を目にして、凍りつく。

花岡さんと西田さんと瀬戸さんを牽制するかのように、佐々木くんが立っていたからだ。

今から情報システム部に行こうと思っていたけど、佐々木くん、このフロアにいたのね。……じゃなくて、三人になにか言おうとしてる!?

我に返り、ハラハラしながら四人を見守る。

佐々木くんは相変わらず前髪と黒縁眼鏡のせいで表情がよくわからず、背が高いのもあって、異様な威圧感があった。男性社員にはいつも誰彼かまわず微笑みかける花岡さんですら、不審な目で彼を見上げている。

「高根さんは、わざとピンチを装ったりするような人じゃありません」

佐々木くんが、三人を見下ろしながらボソッと言った。

三人とも声は出ていなかったけど、その表情から『は？』と思っているのが伝わってくる。

「さっきの言葉、訂正してください」

佐々木くんが少し語気を強め、今度は花岡さんだけに詰め寄った。

するとと嫌悪感たっぷりの顔をしていた花岡さんが、急に開き直ったように微笑んだ。

「ごめんなさい、なんのことですか？」

「もしかして、莉愛狙いの新手のナンパ？　そんなんじゃ落ちないから」

西田さんもバカにしたようにクスクス笑う。

瀬戸さんだけが、ひとり困ったようにオロオロしていた。

「麻子ちゃん、もう行こっか。瀬戸さんも行こ」

「そうね」

「は、はい……」

それから三人は、花岡さんに導かれるようにして、そそくさとその場を離れた。

佐々木くんは依然としてその場に残り、三人のいなくなった方向を見ている。気のせいかもしれないけど、怒っているような空気を感じた。

私は柱の陰に隠れたまま、そんな佐々木くんを観察していた。

佐々木くん、もしかして私の悪口を聞いて、黙っていられなくなったの……？

『高根さんは、わざとピンチを装ったりするような人じゃありません』

思いがけない佐々木くんの言葉の余韻で、胸が熱い。

どうして……。

私と佐々木くんの接点なんて、ないに等しい。

年齢も、入社した年も、性別も、所属部署も。

それでも佐々木くんはひとりきりの私の、唯一の味方になろうとしてくれた。

近寄りがたい完璧主義の高根さん――そんな自分で植えつけたイメージに縛られている私の、弱くてみみっちい本当の姿を見抜いて、手を差し伸べてくれた。

胸のドキドキが止まらない。

頭の中が佐々木くんでいっぱいになってしまう。

恋と勘違いしちゃダメ。三歳も年上のお局みたいな総務部のリーダーに想われてるなんて、佐々木くんがかわいそう。

だから恋は絶対にしないけど、私の中で佐々木くんの存在は、すっかり大きくなっていた。


「あ……」

「こんばんは」

午後七時。

いつものたい焼き屋台に向かうと、偶然にも佐々木くんと鉢合わせた。

頭を下げる佐々木くんに、私も「こんばんは」と頭を下げ返す。

徹夜で仕事を手伝ってもらったばかりだというのに、お昼の出来事で頭がいっぱいで、彼にかける言葉が見つからない。

固唾をのんで黙っていると「鞠乃ちゃん、いつものでいいー？」と吾郎さんが気をきかせて声をかけてくれた。

「あ、はいっ、カスタードたっぷりで！」

「俺も同じものをください」

「はいよー！」

たい焼き型の鉄板に生地を流し込んでいる吾郎さんを、ふたり並んで見守る。

食欲をそそる匂いが漂う中、私たちの間には気まずい空気が流れていた。お互い、なにから話そうと戸惑っているのを感じる。

こういうときは、年上の私がしっかりしなきゃ！

使命感に駆られた私は、慌ててバッグをあさった。

取り出したのは、お昼に佐々木くんに渡そうとしていた栄養ドリンクだ。結局タイミングを逃して渡せずじまいだったから、ちょうどいい。

「佐々木くん、これ昨夜のお礼。今日は眠かったでしょ？」

「徹夜でゲームしたりするんでわりと平気です。ありがとうございます。米田屋の朝定食も奢ってもらったのに申し訳ないです」

「たいしたものじゃなくてごめんね。本当はぴよこ饅頭とか渡したかったんだけど、買いに行く時間がなくて」

「値段は関係ないですよ。あ、ぴよこ饅頭は好きですけどね」

佐々木くんは栄養ドリンクを受け取ると、いきなり蓋を開けてぐいっと飲み始めた。上を向いたときに反動で前髪がなびき、眼鏡の隙間から素顔が垣間見える。

ん？　なんだか今、ものすごい美形が目に入ったような。

気のせいよね……？

栄養ドリンクを飲み終え、正面を向いた佐々木くんは、前髪と黒縁眼鏡で顔が見えない普段の彼に戻っていた。

「はい、おまちどおー！」

吾郎さんにカスタードたい焼きを手渡され、ふたりで食べる。

相変わらず、甘くてふわふわでほくほくだ。寒い夜の孤独を瞬く間にかき消してくれる、魔法の食べ物。

「ん〜、やっぱりおいしい！」

目尻を下げながら頬張っていると、斜め上から視線を感じた。

佐々木くんがいつの間にか、たい焼きを食べる手を止めて、こちらをじっと見つめている。

「どうかした？」

「……いえ」

佐々木くんは歯切れ悪く答えると、たい焼きをあっという間に平らげた。

飲むのも食べるのも、私よりずっと早い。

今さらのように佐々木くんが男の人だということを意識する。

お昼も男らしかった。

『高根さんは、わざとピンチを装ったりするような人じゃありません』

佐々木くんが花岡さんたちに立ち向かい、放ったその言葉は、いまだに私の心を掴んでいる。

あれからずっと、満ち足りた気分でいる。

うまくいかないことだらけでも、努力を続けていいんだって勇気をもらえた。

佐々木くんとあたり障りのない会話をしながら同じたい焼きを食べる時間は、心地よかった。

私、佐々木くんについてほとんど知らないし、三歳年下の彼に対するこの思いは恋愛感情じゃないってわきまえてるけど、それでも。

彼の隣でたい焼きを食べる夜のひとときは、なににも代えがたいほど幸せだった。

あの休憩スペースでの出来事以降、私と花岡さんの間に、今まで以上の距離を感じるようになった。西田さんと瀬戸さんも同じだ。

あの場で私を否定し共感して以来、三人の中に一体感のようなものが生まれたのを空気で感じる。仲間意識は、共通の敵がいると高まりやすいから。

論理的に解釈して、自分が傷つかないようにやり過ごす。

そんな私の様子は、周りにはピリピリしているように見えるようだ。

ほかの社員たちも、どことなく私に対して前以上に距離を置いていた。

「終わった！　今日も飲むぞー！」

仕事終わり、梶田くんの元気な声が響き渡った。

「梶田先輩、あんまり飲みすぎないでくださいよ。酔ったらウザがらみするタイプなんですから」

「えっ、そんなこと言う？　ウザイってひどくない？」

「ふふっ、冗談ですよー」

なんだか楽しそうな雰囲気だ。今夜もみんなで飲みに行くみたい。

よく見ると、女子はいつもよりオシャレしているから、前々から予定を立てていたんだろう。私はもちろん誘われていない。

「お疲れさまですー」

「お先です！」

みんながぞろぞろと帰る中、私は終業間際にもかかわらず、たまっている仕事をひとりでこなしていた。

分配しようと思えばできたけど、これから飲み会で張りきっている彼らに振り分けるのは、さすがに気が進まない。

ようやく仕事をやり終えた頃には、午後九時になっていた。

愛用のベージュのコートを着てオフィスを出る。

そろそろ十一月も終わりに近づき、今年最後の月に差しかかろうとしていた。吹く風はよりいっそう冷たくなり、本格的な冬の訪れを知らせている。

おなか空いた……。

佐々木くんと一緒に食べた米田屋の朝定食、おいしかったなぁ。

空腹を感じながら、ぼんやりとおいしいご飯について考える。

念願の米田屋に行けたのだから、今度は激安と噂のおふくろ食堂に行ってみたい。

すきっ腹でもりもりご飯を喉にかき込んだら、さぞや幸せだろうなと思いを馳せているると、見覚えのある三人のシルエットが目の前を歩いていた。

西田さん、花岡さん、瀬戸さんだ。

「謝恩会まであと一週間って、信じられなくない？　前回の謝恩会から、もう一年経つってことよね？　時間が過ぎるのが早すぎる！」

西田さんが声を張りあげると、花岡さんがうなずいた。

「ほんとそう。麻子ちゃんは、謝恩会で着るドレス用意した？」

「まだー、今週末に買いに行かなきゃ。莉愛は？」

「この間買ったばかりよ。瀬戸さんも、ドレス買いに行った？」

「いえ、まだです。さっきの飲み会で聞いて、焦ってたところです。どんなの着ていけばいいかわからなくて……」

どうやら、梶田くんたちと飲みに行った帰りみたい。

「ホテルでの謝恩会なんて、初めはなに着ていけばいいかわからないよね。とくに新卒には迷惑な話よ。居酒屋とかで気軽に忘年会やってくれたらいいのに」

「瀬戸さん、よかったら私のドレス貸すわよ？　毎年新調してるから、瀬戸さんに合うのがあると思う」

「本当ですか⁉　花岡さん！」

花岡さんの声に、瀬戸さんが目をキラキラさせる。

「会社中の人が来るからけっこう出会いもあるし、気合い入れた方がいいわよ。情報システム部とか、すごくかっこいい人いるし。メイクとヘアセットもしてあげる」

「うわー、助かります！　でも、そんなに甘えちゃっていいのかな……」

そっか、来週は謝恩会だった。

毎年十二月初旬に催されるうちの会社の謝恩会は、いわゆる忘年会だ。役員から新卒社員までが揃《そろ》う大がかりなパーティーで、私も必ず出席していた。

といってもコミュ力が低いから、終わり頃にはいつもひとり隅でぽつんとしているけど。

ところで、よりにもよって飲み会帰りの三人とこんなところで出会うなんて。

三人は、うしろにいる私には気づいていないようだけど。

今のうちに離れなきゃ、と思っていると。

「情報システム部といえば私、佐々木くんって苦手かも」

そんな花岡さんの声がして、私は凍りついた。

西田さんが首をかしげる。

「佐々木くん？ 誰？」

「この間休憩スペースで話しかけてきた人。ほら、前髪長くてもさっとした」

「あー、あのときの。なんか怖かったよね、あの人佐々木っていうんだ。そういえば情報システム部に佐々木っていうすごい人がいるって聞いたことがあるけど……T大出てて、過去にeスポーツの世界大会で優勝したとか。まさかあの人だったの⁉」

西田さんが、ますます声を大きくした。

「eスポーツの世界大会優勝は、なかなかすごいですねえ」

瀬戸さんも、オドオドしつつ驚いている。

「いい大学出てても、輝かしい功績があっても、私ってオタクっぽい人ちょっと苦手なのよね。この間も空気読めてない感じだったし」

花岡さんが困ったように言った。

「わかる。急に高根さんの擁護して、どした？って感じだったよね。高根さんの知り合いなのかな？」

「高根さん、オタクに好かれるタイプなのかも」

花岡さんが、ほんの少しクスッと笑う。

露骨な悪口になるとさすがに入り込めないようで、瀬戸さんは戸惑ったようにふたりの様子を見ている。

私は、頭の中が真っ白になるのを感じた。

あきらかに佐々木くんをバカにしている会話の流れに、息が苦しくなるほどの怒りを覚える。

佐々木くんは淡々としているけど、実は誰よりも優しくて、打算なく手を差し伸べてくれるような人だ。朝の光の中、口もとだけで微笑んだ佐々木くんの姿を思い出し、やるせない思いが込み上げた。

私の陰口ならどんなに叩いてもらってもいい。それはうまく振る舞えない自分の責任でもあるから。

だけど、佐々木くんを悪く言うのは許せない。

気づけば私は速足で花岡さんの背後に迫っていた。

「花岡さん」

「た、高根さん……？」

急に現れた私を見て、花岡さんが目を見開いて驚いている。西田さんと瀬戸さんもぎょっとしているようだった。

「どうしてこんなところにいるんですか？　もしかして私たちをつけてたんですか？」

花岡さんがいつになくとげとげしい口調で話しかけてきたけど、私はそれについては答えなかった。今、重要ではないからだ。

「知りもしない人を悪く言うのはよくないわ」

「話、聞いてたんですか？　やだー」

怯えたような顔をする花岡さん。

私はそんな彼女に鋭い目を向ける。

「佐々木くんを悪く言ったこと、訂正して」

花岡さんが、おもしろがるようにクスッと小さく鼻で笑った。

「えー、佐々木くんも高根さんをかばってたし、ふたりってどういう関係なんですか？　もしかして――」

花岡さんがなにかに気づいた様子で、中途半端に言葉を止めた。

「あれ、高根さん？」

振り返った先にいたのは、同僚数人を引き連れた梶田くんだ。花岡さんたちと一緒に飲み会に行った帰りで、少し遅れて歩いていたみたい。

「どうしてこんなところにいるんですか？」

梶田くんがそう言ったとたん、グスンという洟をすする音が聞こえる。さっきまで私と佐々木くんをバカにするような態度を取っていた花岡さんが、目をうるうるさせていた。

梶田くんの表情が険しくなる。

「もしかして、怒られてたの？」

「いえ、そういうわけではないんです……」

弱々しく微笑む花岡さんは本当のことを言っているだけなんだけど、はかなげなその姿はなにかをごまかしているようにしか見えなかった。梶田くんが困ったようにため息をつく。

「高根さん、時間外で、しかもこんなところでまで後輩を叱るのはナンセンスですよ」

酔っているせいか、いつもと違って、梶田くんも私に対して遠慮がない。

「前からずっと思ってたんですけど、高根さんはみんなに厳しすぎます。誰しもが、高根さんみたいに完璧に仕事がこなせるわけではないんです。自分の理想を人に押しつけないでください」

私に向かって冷たく言い捨てると、梶田くんは花岡さんを私から守るように立ち塞がり、「行こう」と彼女に声をかける。

西田さんをはじめとしたほかの社員も、私をちらちら見ながら、梶田くんと花岡さんについていった。瀬戸さんだけが、うろたえた様子で私を見ている。梶田くんたちの楽しそうな会話の声は、私から遠ざかり、やがて人混みに紛れて聞こえなくなった。


「やっぱりそうですよね」

「鞠乃ちゃん、うちはたい焼き屋台なんだ、熱燗はないよ」

「それから熱燗ない？」

「あいよ！」

「吾郎さん、いつもの」

ハハハ、と乾いた笑いを浮かべる。

総務部のみんなにアウェイにされて、とてつもなく飲みたい気分だったのだ。

みんな、揃いも揃って私を悪者扱いして。

百歩譲ってそれはいい。私は完璧すぎて近づきがたいヒール役なんだもの。

でも、花岡さんが佐々木くんを悪く言ったのはいまだに許せなかった。

熱燗はないけどやっぱりたい焼きおいしい……。そして吾郎さん、夜遅くまで営業してくれてありがとう。こんな時間までたい焼きを買いに来る人、きっとそんなにいないよね。

しみじみしながら、吾郎さんがいつも以上にカスタードをサービスしてくれたたい焼きにかぶりつく。すると、目の前に佐々木くんがいた。

「佐々木くん……」

「どうも」

佐々木くんがぺこりと頭を下げた。

「残業だったの？」

「はい。こんな時間にいるってことは、高根さんもですよね」

なにかを言いたげに、じっと私を見ている佐々木くん。

「たい焼き頼まないの？」

「はい。高根さん、お酒飲みたいんですか？　飲みに行きますか？」

「えっ」

びっくりして、たい焼きが喉に詰まりそうになった。

どうやらさっきの吾郎さんとの熱燗のやり取りを聞かれていたみたい。

恥ずかしくなって、私は目を泳がせる。

「あ、それはその……」

「誰だって飲みたくなる日くらいありますよ」

落ち着いた口調で諭され、心がほろりと崩れていく。

『高根さんって高級ワインのある店以外行かなそう』

『わかる。居酒屋なんかに誘ったら軽蔑の目を向けられそうだよね』

いつか聞いた、そんな偏見の声を思い出したからだ。

佐々木くんの目は、なんのフィルターもなく、ありのままの私を見てくれる。

だけど私は、手にした食べかけのたい焼きに気づき、ハッと我に返った。

「……でもたい焼きも食べたし、これ以上は食べられないわ」

『もう少し痩せたら？』

私の全身を眺めながら蔑むように言った健太の声が、耳によみがえる。

最近外食ばかりだったし、そろそろまた気を引きしめないと。

もう二度と、醜かったあの頃には戻りたくないから。

すると佐々木くんが、まるで見透かすように、眼鏡のレンズ越しにじっと私を見てきた。

「ストレス貯めるのが一番よくないですよ。無理に、とは言いませんけど」

佐々木くんのいつもの淡々とした口調を聞いているうちに、ハッとする。

私が太っても、この人はきっと今と変わらず接してくれるだろう。人の見た目になんか、興味がなさそうだから。言い方を変えると、人の中身を見て判断する人。

だんだん、摂取カロリーなんてどうでもいいことのように思えてくる。

「――飲みに行きたい」

気づけば、心のままにそう答えていた。

佐々木くんが、いつになくうれしそうに口角を上げた。

「わかりました。じゃあ、行きましょう」

佐々木くんに連れていかれたのは、会社から近い場所にある年季の入ったお店だった。木製の引き戸のそばで、おふくろ食堂と書かれた店舗看板が明かりを灯している。

まさかの憧れのおふくろ食堂に連れてこられ、私は目を輝かせた。

「ここって、お昼の激安定食が評判のお店でしょ？」

「はい。昼は定食屋だけど、夜は飲み屋になるんです。ここでよかったですか？」

私は興奮気味にこくこくとうなずいた。

「もちろん、一度来てみたかったの」

「それならよかったです」

テンションアップしている私を、佐々木くんが口もとをほころばせて眺めている。

私たちは、カウンター席の端に案内された。小ぢんまりした店内は、スーツ姿のサラリーマンっぽいお客さんが大半を占めている。

およそ一時間後。私はおちょこを片手に、酔っ払ってすっかり上機嫌になっていた。

花岡さんが佐々木くんをバカにした怒りなんて、あっという間にどこかに飛んでいったほどに。

やっぱりお酒の力はすごい。

「おばちゃん、タコわさおかわり！　このタコわさ、すっごくおいしいです」

「あら、やだよ。ごくごく普通のタコわさよ」

五十代後半くらいでショートカット、ややふくよかな体形に割烹着、いかにも〝おふくろ〟というイメージのお店のおばちゃんが、カウンター越しに答える。

「そんなことないです！　世界中探しても、これほどおいしい料理はめったにないですよ！」

「まああ、うれしいわぁ。あなた、美人なだけじゃなくておもしろいのね」

おばちゃんが声をあげて笑った。

「タコわさだけじゃなくて、茄子の煮びたしも、揚げ出し豆腐も、出し巻き卵も、全部おいしいです～！」

「ありがとう。今度はお昼にも来てちょうだい。ランチは定食やってるのよ」

「はい！」

私は明るく返事をすると、出し巻き卵をひとつ箸に取り、口に運んだ。ゆっくりと咀嚼して、存分に味わう。

「やっぱりおいしい～！　たまごのふんわり感がたまらない～！」

片手で頬を押さえ、味を噛みしめていると、隣に座っている佐々木くんと目が合う。

いつからそうしていたのか、佐々木くんはうっすらと微笑みながら、私を見つめていた。

初めてのおふくろ食堂に舞い上がっていた私は、急に素に戻る。

酔っ払っておばちゃんに絡んでいる一部始終を見られていたみたい。

「ごめん、佐々木くん。私、酔っ払いすぎ？　引いたでしょ」

「引いてなんかいませんよ」

「ほんとに？　総務部の人たちがこんな私を見たら、絶対に引くけど。私、大衆的な居酒屋で酔っ払ったりしない、高級志向の完璧主義者と思われているから」

でも悪いのはみんなじゃなくて、そんなイメージを植えつけてしまった私自身だ。

どうしてこうなった?

情けなくなって、私は酔った勢いに乗ってバッグからスマートホンを取り出した。

去年のお正月に実家で撮った写真を佐々木くんに見せる。

「この人、私のお姉ちゃん。美人でしょ?」

二歳の息子を抱っこし、夫の隣で幸せそうな笑みを浮かべている、黒髪セミロングの姉を指さす。

私に気を使ってくれているのか、佐々木くんはなにも答えずに画面を見ているだけだった。

「私は美人じゃないから、お姉ちゃんと比べられてがっかりされて、いつもしんどかった。でも優等生でいれば、みんなが褒めてくれたの。だから優等生でいようと、必死にがんばった。気づけば自分で作り出したイメージに縛られて、生きづらくなってたの」

誰にも話したことがなかった心のわだかまりが、口からこぼれ落ちていく。

お酒のせいなのか、佐々木くんの雰囲気のせいなのか。

わからないけど、言った後で、心がスッと軽くなる感覚がした。

私、本当はずっと、誰かに話を聞いてもらいたかったのかな……？

ぐいっとまたお酒を喉に流し込み、グラスをテーブルに置いたタイミングで、佐々木くんが視線をこちらに向けた。

「気持ちはわかります。俺にも弟がふたりいるんで。双子なんですけど」

「そうなの？」

「はい。いろいろあって、高根さんとは少し事情が異なるんですが」

佐々木くんが、いつになく言いにくそうにした。

「そっか……」

あまり話したくないような空気を感じて、私は口を閉ざす。

佐々木くんも私と同じように、家族に関するなにかしらの悩みを抱えているみたい。

佐々木くんのこと、もっと知りたい。

そんな思いが込み上げたけど、今の様子だと話してくれないだろう。

少し前まで他人同然だった私たちは、まだ深く語り合うような仲じゃないから。

「たいした話じゃないです、気にしないでください」

淡白な口調で言われ、寂しさを覚えながら「うん」とうなずくしかなかった。

「ところで、たい焼き食べてるときも、米田屋で朝定食食べてるときも思ったんですけど、高根さんって本当にうまそうに飯食いますよね。こんなにうまそうに飯食う人、初めて見ました。なんかいいですよね」

「そ、そうかな？」

褒められたのかはよくわからないけど、うれしくなる。

そして、そんなふうに言われたのは初めてだった。

ご飯にこだわっていそう、行く店にも面倒なこだわりがありそう――ここ数年、そんな印象しか持たれた試しがなかったから。

佐々木くんの前では、素の自分をさらけ出しても怖くない。

彼ならきっと、いつものように飄々と受け入れてくれるだろう。

私たちの関係はまだ希薄だけど、不思議とそう確信した。酔っているせいかもしれない。

「ねえ、佐々木くん」

酔っ払った目でぼんやりと佐々木くんを見つめる。

前からずっと、彼に聞いてみたいことがあったのだ。

「佐々木くんにとって、私はどんなイメージなの？」

些細な質問なのに、胸がやたらとドキドキする。

「イメージですか？　今どき珍しいくらい、真面目な人ですね」

佐々木くんの声の調子が、心なしかやわらかくなった。

「それからすごく、きれ――」

佐々木くんは『れ』の口のまま固まっていたけど、やがて火がついたかのように耳まで真っ赤になる。

「――いえ、なんでもないです」

佐々木くんはごにょごにょと口ごもり、赤い顔を隠すようにうつむくと、ビールジョッキに口をつけた。

佐々木くん、たぶん今『綺麗』って言いかけたよね……？

だとしても、お世辞なのはわかってる。姉が美人だと話したから、気を使ってくれているんだろう。

三歳も年下の、他人に興味がなさそうな佐々木くんが、本気で私なんかを『綺麗』と思うわけがないから。

それはわかっているのに、胸の鼓動が鳴りやまない。

ざわつく店内で、ビールの入ったグラスを不自然なほど繰り返し口に運んでいる佐々木くんの、一挙手一投足にまで意識がいく。

やがて私は気づいてしまった。

……どうやら私は、佐々木くんのことが好きみたい。

＊＊＊

『佐々木、わかったか？　じゃあ、あとは頼んだ。明日出社したらすぐに確認するから、手を抜くなよ』

入社一年目の頃、俺のＯＪＴだった先輩は、毎日のようにそう言い残してさっさと帰宅していた。

新人指導と見せかけて、俺に仕事を押しつけているだけなのは、うすうす勘づいていた。

とはいえ怒りは感じなかった。先輩だって早く家に帰りたいし、楽もしたいだろう。

誰しも一番大事なのは自分で、そのために、立場の弱い人間を犠牲にして生きている。それが世の中の摂理だ。

『はい、わかりました』

心の中では冷めたふうに思いつつも、俺は素直に先輩の指示に従った。

面倒事を起こすのは、昔から嫌いだからだ。自己主張をして人間関係に亀裂を生むくらいなら、自己を押し殺し、あたり障りなくやり過ごすくらいがちょうどいい。

自分のことなど二の次で、他人を立てた方がはるかに生きやすいからだ。

それが、血のつながらない母と家族としてうまくやっていくために、試行錯誤のうえに導き出した俺なりの生き方だった。

幸いにも要領はいい方なので、無理なくその生き方を貫けた。

ようやく先輩に押しつけられた仕事を終え、残すは書類を総務部に届けるのみになった。

午後九時。

情報システム部のオフィスはガランとしていて、俺しかいない。会社内も閑散としていたが、総務部だけは煌々と明かりがついていた。

俺みたいに先輩に仕事を押しつけられた新人ががんばってるのか？

そんなふうに思いながら足を踏み入れたオフィスには、ひとりあくせくとパソコンに向かっている長い髪の女性がいた。

年は二十代半ばといったところ。きちんと手入れされたツヤツヤの髪に、パリッとアイロンの効いたワイシャツ、隙のなさそうな黒のタイトスカート。美人といえるが、どこか他人が入り込めないような冷たさが漂っている。

それなのに、通りすがりにちらりと眺めたパソコンの画面には、びっしりと文字の詰まった新人用のマニュアルが映し出されていた。

『うーん、違うな……』

ひとり言を言いながらキーを叩き、また消して書類をチェック……を繰り返す彼女は、こんな時間まで新人マニュアルの作り直しに専念しているらしい。俺が来たことにすら気づかないほど夢中になっているようだ。

俺のOJTが渡してきたマニュアルは、かなり適当なものだった。その点で彼女は、近寄りがたそうな見た目に反して、真剣に新人のためを思っているらしい。

【高根鞠乃】

デスクの隅に置かれたIDカードがちらりと目に入り、その名前を知る。かつて耳にした、先輩たちの言葉を思い出した。

――『総務部のリーダー、まだ二十六歳らしいぜ』

――『知ってる、高根さんだろ？ あの美人だけど冷たそうな人。完璧主義で仕事にかなり厳しいらしいぜ』

――『お前ら、俺たちが先輩で本当によかったな。高根さんが先輩だったら、毎日泣いてたぜ』

そんなふうに冗談のネタにされていたけど、聞いていた話とずいぶん違う。

『すみません。情報システム部の者なんですけど』

そう声をかけると、高根鞠乃はようやく俺の方を見た。

『〝情報セキュリティのポリシー更新版〟ここに置いておきますね』

『ありがとう』

高根鞠乃の反応は、見た目どおりドライだった。机周りも異様に綺麗で、完璧主義という噂もうなずける。

残業してまで新人マニュアルを作成している真面目さに一瞬心を動かされたけど、気のせいだったのかもしれない。

軽く会釈をして総務部のオフィスを離れようとしたとき。

『ちょっと待って。あなた、もしかして新人?』

高根鞠乃の鋭い声が飛んできて、俺は姿勢を正す。噂どおりの、他人に厳しそうな冷ややかな声だったからだ。

『こんな時間まで残ってちゃダメよ。早く帰って休みなさい』

高根鞠乃は氷の刃のような口調のままそう言うと、すぐにまた自分の仕事に戻っていった。

『はい』

俺は短く答えると、今度こそ総務部のオフィスを離れた。

高根鞠乃のああいう雰囲気が、人に冷たい印象を与えるんだろうな。

廊下を歩きながら、そんなふうに考えた。

だけどあれが、高根鞠乃の本音なのだろう。慣れない仕事に追われている新人を気遣っているからこそ早々に帰し、自分を犠牲にしてまでマニュアル作成のために残業しているのだ。

他人に与える印象と違い、心の中は思いやりにあふれた人らしい。

誰しもが一番大事なのは自分自身で、そのために、自分より立場の弱い人間を犠牲にして生きている。

それが世の中の摂理だと考えてきたのに……高根鞠乃はその摂理からはみ出しているようだ。

あの人が俺の先輩だったらよかったのに。

そう思った自分に驚いた。

『もう帰るの？　まだ終わってなくない？』

『あとは高根さんがしてくれるんだって！　ラッキー！　高根さん、時間に厳しいから絶対に時間内に帰してくれるんだよね。わざとゆっくりやってよかったぁ』

ある日の終業後、総務部からきゃぴきゃぴと出てくる新人女子ふたりを見かけたこともある。

俺は先輩に仕事を押しつけられているが、高根鞠乃は後輩に体よく扱われているらしい。

不器用な人だな。

高根鞠乃についてもっと知りたいと考えた俺は、機会さえあれば彼女の様子を観察するようになった。

高根鞠乃の評判はあまりよくなかった。

冷たい、厳しい、付き合いが悪い、完璧主義すぎてやりにくい。

だが彼女は新人マニュアルの作成に労を惜しまなかったように、しょっちゅう残業しては、人に見えないところでコツコツと努力を続けていた。

他人のために、自分の犠牲を惜しまない人。

自己主張をして面倒事を起こすぐらいなら、あたり障りなくやり過ごすくらいがちょうどいい――そんな俺みたいなあきらめの精神ではなく、なんの思惑もなく、ただひたすら他人のためにがんばっていた。

俺は年を追うごとに、彼女に興味を持つようになった。だが彼女との接点はほとんどないまま、気づけば入社して四年が過ぎていた。

その間に俺は、新システムの開発チームに入れられ、仕事に没頭した。

やがてチームの中心となり、旧システムから最新のシステムへの移行を完遂、生産ラインの業務効率の大幅アップにつなげた。サイバーセキュリティ対策も強化し、古い形態が色濃く残っていた会社は生まれ変わった。

なんとなくで就職した会社だったが、新しい風を吹き込む作業は楽しかった。俺としては難易度の高いゲームに挑んでいるような感覚だったのに、上層部からは大きく評価を受けた。

波風を立てたくなかったので、古参の幹部の反対意見を汲んで完全デジタル化はせず、紙ベースの業務をほどよく残したのが功を奏したらしい。

その噂は社内でも広まり、なにかと視線を浴びるようになっていた。

「あれ？　今日はもう店じまいするんですか？」

出来立てのカスタードたい焼きを食べていると、店主の吾郎さんが早々に暖簾《のれん》を片づけ始めた。一年ほど前から来るようになったこのたい焼き屋台でたびたび見かけていた高根さんは、今日はいない。

「ああ、今日は結婚記念日なんだ。かみさんが待ってるからさ」

吾郎さんが照れたように言う。

「それはおめでとうございます。何年目なんですか？」

「早いものでなぁ、三十二年だよ」

吾郎さんが遠い昔を思い出すような目をした。

「かみさんと出会ってから、俺の世界は変わったんだ。人生薔薇色さ。今も変わらず惚れてるよ」

にこにこと物語る吾郎さんは、本当に幸せそうだ。見ているこっちまで幸せな気分になってくる。

「恋はいいぞー、恋は。佐々木くんは恋をしてるかい？」

ガハハと笑いながら急に話を振られ、俺は無言でかぶりを振った。

そういうこととは無縁の人生を送ってきた。

学生時代、恋らしきものをした経験ならある。彼女がいた時期も何度かあった。

だが彼女が満足する頻度で連絡するのは面倒でしかなかったし、去る者を追う気にもならなかった。今にして思えば、あれは恋ではなかったのだろう。

恋という経験をしたくて、したつもりなっていただけ。

少なくとも、吾郎さんのように幸せそうな笑顔で語れる代物ではない。

冷たい冬の夜風が背筋を震わせる。手にしたたい焼きの温かさが救いだった。

ふいに、高根鞠乃の白くて細い手が、あったかそうにたい焼きを持つ姿が思い浮かんだ。

たい焼きを食べるとき、彼女は会社にいるときとは別人のように笑う。

ふんわりとした飾りのない笑い方は、ギャップがすごくて、惹かれずにはいられない。俺がこのたい焼き屋台に来る理由のひとつになっていた。

品質管理データ消失事件から、高根鞠乃と俺の距離は近づき、より近くであの笑顔を見られるようになった。

おいしいものを食べているとき、彼女は幸せそうに笑う。

まるで、固く閉ざされていた蕾がほころぶように。

彼女が笑うと心臓がせわしなく鳴り、宙に浮いているような気分になるのだ。

一緒に行ったおふくろ食堂でも、彼女はよく笑った。

オフィスでは絶対に見せない姿を俺だけが知っているのがたまらなくうれしかった。

『佐々木くんにとって、私はどんなイメージなの？』

『イメージですか？　今どき珍しいくらい、真面目な人ですね』

『それからすごく、きれ――』

おふくろ食堂での出来事を思い出しているうちに彼女とのそんな会話を思い出し、たい焼きを食べていた俺は思わずむせる。

「ゴホッ、ゴホ……ッ！」

「どうした佐々木くん、大丈夫か⁉　ほら、水飲みな！」

奥さんが用意したと思われる水筒のお茶を紙コップに入れて手渡され、頭を下げながら受け取った。

お茶でたい焼きを喉に流し込み、どうにか落ち着く。

〝それからすごく、綺麗です〟

あのとき、とっさにそう言いかけた。

三歳も年下の男から『綺麗』と言われても、うれしくなんかないだろう。

それでも彼女の笑顔は本当に綺麗だから、本音を口にしそうになった。

彼女の笑顔を思い浮かべただけで心拍数が上がり、顔に熱が集まる。

「佐々木くん、顔が真っ赤だぞ。落ち着くまで休んで行きな」

「すみません……」

吾郎さんに心配をかけて申し訳ないと思いつつ、近くの石造りのベンチに座った。

冬の夜空を見上げる。

本当は『綺麗です』と伝えたい。

黙っておけばいいものの、どうしてそれだけの言葉をこんなに伝えたいのか、自分でもよくわからない。

だとしても、言葉にしたい。

あなたは誰よりも綺麗です、と知ってほしい。

でも、我慢だ。

俺はぐっと自分の気持ちを押し殺し、たい焼きの最後のひと欠片を口に放り込む。

『かみさんと出会ってから、俺の世界は変わったんだ』

先ほど聞いた吾郎さんの声が、なぜか耳もとで繰り返し鳴っていた。

「お前、今年こそ謝恩会に出席しろよ」

十二月に入り、師走の慌ただしさがオフィスに漂い始めた頃、出社するなり先輩に念を押された。

新人の頃指導として俺に面倒を押しつけてきた彼は、三年を経た今も、変わらず俺に対して偉そうだ。

「毎年なにかと理由をつけて来ないけど、今年うちの部からふたりも辞めただろ？参加人数少ないと上からなんか言われるから、絶対に出ろよ」

「……わかりました」

「いいか、ドレスコードはきっちり確認しろよ！　くれぐれも、うちの部に恥はかかせるな」

「……はい」

俺はしぶしぶそう答えた。

Sフーズでは、毎年この時期、高級ホテルの宴会室を貸しきって大がかりな忘年会が行われる。ドレスコードがあったり、マナーにうるさかったり、なにかと面倒なパーティーなのだ。

あんな面倒な行事に参加するくらいなら、家でひとりでゲームしてる方がよっぽどいい——そんなスタンスで欠席を続けてきたけど、今年はそういうわけにもいかないらしい。

俺は自分のデスクの前で大きくため息をついた。

「めんどくせ。なに着ていったらいいんだ……」

自分は周りにいい思いをさせる、引き立て役に徹する方がいい。

それが、俺が自分なりに導いた、うまく生きる方法だった。

結果、自分のことには無頓着になっていた。

物欲なんてほとんどないし、髪も服もどうでもいい。だがそのスタンスは、こういったイベントの際、窮地に立たされる。

そのときふと、いつもパリッとしたワイシャツにひざ下きっちりのタイトスカートで身を固めた、高根鞠乃の姿が脳裏をよぎった。

化粧は少しのヨレもなく完璧、髪も乱れなくツヤツヤ。

じっくり見てはいないが、机周りにもこだわりの美容用品が並んでいた気がする。

「相談してみるか……」

そうつぶやいた直後、俺はひそかに慌てた。

彼女と話せるいいきっかけになる——心のどこかでそんな淡い期待を抱いた自分に気づいたからだ。

三章　年下SEの素顔

残業帰りの午後八時、会社の前で佐々木くんに出くわした。

「駅まで一緒に行きます」

「うん」

素直に応じてみた。

前より距離の近づいた私たちには、駅まで一緒に歩くのに深い理由は必要ないから。

とはいえ私は、佐々木くんが私と同じ駅からは電車に乗らないことを知っている。

佐々木くんと並んで夜道を歩きながら聞いてみた。

「佐々木くん。もしかして、送ってくれてるの？　最近この辺りで痴漢の被害が報告されているから」

「はい、心配なんで」

やっぱり、そういうつもりだったらしい。佐々木くんの優しさに胸をじいんとさせていると、彼が「あの」と改まったように体ごとこちらを向く。

「でも、今日はそれだけじゃないんです。実は、高根さんに頼みがあって」

「頼み？」

「はい。謝恩会で着る俺の服を、コーディネートしてほしいんです」

懇願するように声を絞り出した佐々木くんは、真剣に悩んでいるようだ。

たしかに髪はいつもボサボサだし、度のきつい眼鏡と前髪のせいで表情がわからないし、スーツは体に合っていないし、佐々木くんはオシャレに疎い。

というより、どうでもいいと思ってそう。

モデル体型を持てあましてるとは前から思っていたけど、思いがけない依頼を受けて、私はがぜんやる気になった。

「任せて！　張りきってコーディネートするわ。でも、どうして私なの？」

「だって高根さん、オシャレじゃないですか。いつも自分に合った服着てますし」

実は私も、オシャレに疎い時期が長かった。だけど大学のとき彼氏に見た目が原因でフラれて以来、外見にもこだわるようになったのだ。

ファッション雑誌を繰り返し眺め、メイク動画を見て、研究し尽くした。今でも積極的に最新のファッションやコスメの情報を仕入れている。そしてどんな服が自分を引き立てるか、どんなメイクが合うか、日々考え続けていた。

長年培った知識とセンスで、佐々木くんを大変身させる自信はある。

『オタクっぽい人ちょっと苦手なのよね。この間も空気読めてない感じだったし』

以前に花岡さんが、そうやって佐々木くんを貶《おとし》めていたことを思い出し、私は気合いを入れた。

誰もが振り返るようなイケメンに仕立てて、花岡さんを見返したい。


謝恩会当日。

朝のうちに、私と佐々木くんは、ホテル近くにあるショッピングモールの入口で待ち合わせた。

人混みの中にぬっと現れた佐々木くんは、相変わらずの長い前髪に、カーキのブルゾン、デニムという、可もなく不可もない格好をしていた。サイズの合っていないスーツよりはマシだけど、オシャレ感がないのは変わらない。

「よし、佐々木くん。まずはスーツを買おう」

やる気のみなぎっている私は、佐々木くんを計画どおりに連れ回した。

最初に、少し高めのお店で佐々木くんにぴったりのパーティースーツを見繕ってもらう。靴もポケットチーフも、完璧なものを選んだ。

それから、予約していたメンズに人気の美容院に行ってイメチェン。最後に眼鏡屋に行き、抵抗気味の佐々木くんを説き伏せて、レンズ厚めの黒縁眼鏡から脱却、コンタクトレンズに変えてもらった。

謝恩会が始まる一時間前、美容院を出たところで、私は佐々木くんを前にぼうぜんとしていた。

仕上がった彼を上から下まで何度も眺め、幻覚じゃないよね、と何度も心の中で自問する。

ボサボサに伸びていた前髪は短めにカットされ、上品な感じのツーブロックスタイルになっている。あらわになった佐々木くんの目鼻立ちは、驚くほど綺麗だった。

形のいい眉毛に、鋭くも色気のあるアーモンド形の目、筋の通った鼻、そこはかとなく男らしさを感じる薄い唇。

百八十五センチはある長身を包み込むダークグレーのスリーピーススーツが、彼のスタイルのよさを浮き彫りにしている。ネイビーのネクタイと同色のポケットチーフも、艶やかな黒髪の彼に見とれるほど合っていた。

佐々木くんが美容院のウインドウに映る自分を見て、居心地悪そうに眉をしかめている。だけどそんな姿すらサマになっていて、通りすがりの女性たちの視線を根こそぎ奪っていた。

「佐々木くん、すごくいい……！」

大満足すぎる仕上がりに、興奮を隠せない。

長年で培った知識とセンスで、佐々木くんを望みどおりパーティーに出席するにふさわしい男性に変身させることができて、心底うれしい。

私のセンス云々の前に、そもそも彼が類まれなるスペックを隠し持っていたのが功を奏したのはわかっているけど。

「本当ですか？……ありがとうございます」

佐々木くんは自分の変身した姿に納得がいっていないようだけど、私が褒めるとほんの少しうれしそうにした。どこか照れているような節もある。

かわいい。

そう思う一方で、スラリと長い脚が目に入りドキリとする。

これほどスタイルがいい人、見たことがない。

謝恩会に参加するのは面倒だったけど、イメチェンした佐々木くんをみんなに見せびらかす楽しみができた。

佐々木くん、これからモテだすだろうな。

ふと、そんなモヤモヤが胸に込み上げる。

……これって、もしかして嫉妬？

佐々木くんを独占したいって、一瞬でも思ってしまった自分が恥ずかしい。

私は慌てて頭をブンブンと振って、どうにか邪念を追い払った。

午後五時半。

五時の開場時刻から少し遅れて、私は佐々木くんとともにホテルにある謝恩会の会場〝饗宴の間〟に向かった。そこには、すでに大勢の社員が集まっていた。

天井ではきらびやかなシャンデリアが輝き、テーブルにはビュッフェスタイルの高級そうな料理がズラリと並んでいる。

「佐々木くん、心配しないで。すごく素敵よ」

会場に入る直前、緊張した面持ちの佐々木くんが安心できるよう、声をかけた。

「高根さんも素敵ですよ」

「……ありがとう」

綺麗すぎる顔でじっと見つめられ、ドクンと胸が鳴った。

私は今日、タイトなダークグレーのロングワンピースを着ていた。髪はアップスタイルにして、ロングチェーンのパールピアスをつけている。

会社の謝恩会にふさわしい、派手すぎない、品のある格好を心がけた。

たまたまだけど、ダークグレーのスーツの佐々木くんと衣装の雰囲気が似ている。

「誰あれ？　すっごいイケメンなんだけど」

「あんな人、うちの会社にいた？」

佐々木くんが現れるなり、会場がにわかにざわざわとし始めた。

とくに女性社員は、何気ないふうを装っているけど、佐々木くんが気になっているのがよくわかる。

「一緒にいるのって、総務部の高根さん？」

「高根さんの知り合いみたいだから、総務部の人？　あんな人いたっけ？　最近、中途入社してきたのかな」

視線が集中する中、三十歳くらいの男性社員がこちらに近づいてきた。どこかで見かけた気がする、たぶん情報システム部の人だ。

彼は私に軽く会釈をした後で、恐る恐るといったように佐々木くんに視線を向ける。

「もしかして……佐々木か？」

「はい、ちゃんと来ました」

飄々と答える佐々木くんと、凍りついている男性社員。

「……まじかよ」

言葉を失っている男性社員を、佐々木くんはいぶかしげに見ていた。

どうやらパーティーにふさわしい格好をしている意識はあるけど、超絶イケメン化している意識はないらしい。

「え、あのオタクっぽい佐々木くん⁉」

「あんなイケメンだったのか！」

周囲がよりいっそうざわつき始めた。

大騒ぎにはなっていないけど、誰しもが佐々木くんに注目していて、ひそかに話題の中心となっているのを感じる。

穴があくほどの視線を感じた。梶田くんと一緒にいる花岡さんが、がくぜんとしたようにこちらを見ている。どうやら佐々木くんの素顔に驚いているみたい。

佐々木くんの見た目を悪く言っていた彼女を思い出し、私は少し誇らしい気持ちになる。

佐々木くんはその後もひっきりなしに声をかけられていたけど、必ず律儀に私のもとに戻ってきた。コーディネートを約束したからなんとなく一緒に来ただけなのに、犬みたいに従順できゅんとさせられる。

友達のいない私を気遣ってくれてるのかもしれない。

「佐々木くん、無理に私といなくていいのよ。好きなところに行って」

「高根さんの隣にいたいです」

サラリと言われ、私は飲んでいたワインを吹きそうになった。

「そ、そう」

無自覚にそんなセリフを吐けるなんて恐ろしい。その後も胸がドキドキして鎮まる気配がなかった。

謝恩会はつつがなく進み、食事が終わった後は余興の時間になった。

企画のひとつであるテレビゲーム大会の参加者が募集される。格闘ゲームでトーナメント式の試合が行われるようだ。

「佐々木、お前出ろよ。eスポーツのチャンピオンだったんだろ?」

口々に周りにもてはやされ、佐々木くんの参加が決まった。

結果はぶっちぎりの一位。

間抜け面で一番弱そうなキャラなのに、いかついキャラたちを圧倒的なゲーム技術で次々と倒してしまった。神技とも呼べるプレイに、会場中が歓声に包まれる。

「すごい！　こんなに差が歴然としてるなんて！」

「さすが、世界レベルのゲーマーは違うな！」

「仕事もできるのにゲームも神レベルなんて反則だろ」

一位の佐々木くんには、賞状と景品が授与されるようだ。

「景品はなんと！　激安定食で評判のおふくろ食堂のお食事券です～！」

司会者の女性社員が声を張りあげると、会場に笑い声が起こる。

「おふくろ食堂にお食事券なんかあるの？」

「欲しいかも～！」

ちょっとした受け狙いだったようで、わりと盛り上がっていた。

司会者から賞状と景品を受け取った佐々木くんが、喝采を受けながら私の方へと戻ってくる。そしてみんなが注目している中で、私におふくろ食堂のお食事券を差し出した。

会場の一角で、小さなざわめきが起こる。

「えっ、高根さんはそんなの受け取らないんじゃない？　だいじょうぶかしら？」

「誰か、佐々木くんに教えてあげたら？」

どうやら総務部の社員たちらしい。

だけど私は、そんな声など気にせず、素直に佐々木くんからお食事券を受け取った。

おふくろ食堂は大好きだからお食事券はもちろん欲しいし、私にプレゼントしてくれる佐々木くんの心遣いもうれしい。

「ありがとう」

思いのままに微笑むと、佐々木くんが驚いたように固まった。

なにか変だったかしら？と不安になっていると、佐々木くんが私を見つめたまま無邪気な笑みを浮かべる。

「喜んでくれてうれしいです」

美形の笑顔に吸い込まれるように見とれてしまい、私は恥ずかしさから目を伏せた。胸がせわしなく鳴っていて、呼吸がぎこちなくなるほどだった。


謝恩会以降、佐々木くんは一躍時の人となった。

周りが変わっただけで、当の本人は意識せずいつもどおりを貫いているけど。

昼休みの終わり頃。お茶を買いに休憩スペースに行くと、椅子に座って同僚と話しながらコーヒーを飲んでいる佐々木くんがいた。

一緒に美容院に行ったあの日から、絶妙にオシャレ感のあるツーブロックスタイルのままだ。

あのとき、ついでだからとスーツ専門店で買った仕事用のスーツを着ているせいもあって、以前とは比べ物にならないほど目立っている。

コンタクトだけは性に合わなかったようで、眼鏡に戻していた。だけど厚めレンズの黒縁眼鏡から、細フレームの眼鏡に変わっている。コンタクトレンズを買いに行ったとき、眼鏡屋の店員さんに『今の眼鏡と視力が合っていない』と指摘を受けたからかもしれない。

女性社員たちが、そんな佐々木くんを盗み見しながらヒソヒソと黄色い声をあげている。

「見てほら、佐々木くん」

「くう〜、かっこいい！　あんなにかっこいいのに、どうして今まで気づかなかったんだろ？」

私は自販機で玄米茶のペットボトルを買うと、再びエレベーターに向かった。

佐々木くんとは、今では出くわせば挨拶をする仲だけど、同僚と真剣に話し込んでいる彼の邪魔をしたくなくて、あえてスルーした。

「あの、佐々木さん」

すると聞き覚えのある声が彼の名を呼んで、思わず足を止める。

「頼みがあるんですけど、いいですか?」

遠慮がちに佐々木くんに声をかけたのは、まさかの花岡さんだった。佐々木くんの同僚の男性社員が、彼女を見てにわかに瞳を輝かせる。会社中でかわいいと評判の花岡さんに話しかけられ、同僚はご満悦のようだ。

「どうしたの?」

無視を決め込んでいる佐々木くんの代わりに明るく答えていた。

「実はパソコンの調子が悪くて……ちょっと見てくれませんか?」

花岡さんのその言葉に、私は身を凍らせた。

パソコンの不調の際は、まずはヘルプデスクに問い合わせてしかるべき対応を取るべきだ。結果として情報システム部に持ち込む可能性もゼロではないが、佐々木くんは修理担当ではないし、あきらかに失礼な申し出である。

佐々木くんもそう思ったようで、かすかに眉根を寄せた。

「それは俺の仕事じゃないから、すみません」

佐々木くんの返事は、いつもどおり淡々としていた。

花岡さんの笑顔が、急にぎこちなくなる。花岡さんくらいかわいくて評判がよかったら、男性社員相手にこういった非常識な発言をしても、今までは受け入れられていたのかもしれない。

「つれないなー、佐々木。あ、よかったら俺が見ますよ？　前は修理担当だったんで」

同僚の男性社員が、チャンスとばかりに前のめりになる。

予想外の展開だったのか、「あ……はい。すみません」と花岡さんはやや面食らっていた。

後で修理依頼はヘルプデスクを経由するように、部署全体にリマインドしなきゃ。

そう考えつつ、私はオフィスに戻るために再び歩き出す。

「高根さん」

「わ……っ」

エレベーターのボタンを押したところで、耳の辺りで吐息とともにささやかれ、飛び上がるほど驚いた。

座っていたはずの佐々木くんが、いつの間にか真うしろにいる。

「さ、佐々木くん？」

「すみません、驚かせてしまいましたか？　高根さんの姿が見えたので、つい追いかけてました」

悪びれたふうもなくそう言われ、胸が高鳴った。

花岡さんは佐々木くんの同僚の隣に座らされ、くどくどと話しかけられている。どうやらパソコンの状態について、根掘り葉掘り聞かれる羽目になったらしい。

花岡さんにとっては想定外の事態だったようで、笑顔が引きつっている。そして私に話しかけている佐々木くんに気づいたとたん、露骨に渋い顔をした。

そんな花岡さんの様子が気になりつつも、私は佐々木くんに意識を戻す。

「そう。なにか用？」

ドキドキしているのを悟られたくなくて、わざと素っ気ない態度を取ってしまった。

「いえ、別に。今日、いつものとこ行きますか？」

佐々木くんは気にせず、屈託のない笑みを向けてきた。

こうして目もとがよく見えるヘアスタイルをすると、彼がどれだけ優しい笑い方をするかがよくわかって、私の気持ちをさらに高ぶらせる。

『いつものとこ』とは、もちろんたい焼き屋台のことだろう。はたから聞いていたら、行きつけのバーかなにかと思いそうだけど。

「うん、たぶん」

「わかりました。じゃあ、また後で」

最後に妙に色っぽい笑顔を見せると、佐々木くんは引き返し、同僚のもとへと戻っていく。

人一倍スラリと背の高いスーツの背中から、目が離せない。

三歳も年下で、仕事ができて、素顔もイケメンの佐々木くんに、私なんかが恋しちゃいけないとはわかっている。

それでも、加速する恋心はもう、止められないところまできていた。

四章　好きだったはずなのに

年の瀬が迫ってきた十二月中頃。

昼休み前、他部署からの帰りに廊下を歩いていると。

「……鞠乃？」

そんな声がして振り返ってみれば、ネイビーのスーツを着た茶髪の男性が、足を止めて驚いたように私を見ている。私を下の名前で呼ぶ人はこの会社にはいないから戸惑った。

この人、どこかで見たような……。

どちらかというと童顔寄りのその顔を眺めているうちに、私はあっと声をあげそうになった。

「健太……？」

「やっぱり鞠乃だ」

とたんに彼は愛嬌たっぷりに笑うと、私の方に近づいてきた。

どこかのアイドルグループにいそうな華やかな顔立ちと、違和感なく人との距離を詰めることのできる人たらし感は、あの頃と変わっていない。

多田健太——私に大きなトラウマを植えつけた、大学時代の元カレだ。

大好きで尽くしたのに、年下の彼女をつくって、あっさりと私を捨てた人。

『鞠乃ってさ、地味だろ？　前から、連れて歩くの恥ずかしかったんだ。尽くしてくれるから付き合ってたけど、俺も男だからさ、やっぱり彼女はみんなにうらやましがられるようなかわいい子の方がいいんだよね』

『卒論が終わった今、正直鞠乃にもう用はないんだ。じゃあな』

かつて彼に吐かれたひどいセリフを、まるで昨日のことのように思い出せる。もう何年も経っているのに、癒えたと思っていた傷はいまだに痛みを持っていた。

「うわー、懐かしい。まさかこんなところで鞠乃に会うなんてな！　鞠乃って、Sフーズに就職したんだっけ？　転職したの？」

健太はそんな私の動揺にはまったく気づく様子もなく、親しげに話しかけてくる。

私はゆっくりとかぶりを振った。

「新卒で採用されてから、ずっとこの会社にいるよ」

「マジか。鞠乃は怖いくらい真面目だから、そこそこの役職になってるんだろうな」

「……総務部のリーダーやってる」

「俺と同い年でリーダー？　すごいじゃん、さすが鞠乃」

屈託のない笑みを浮かべる健太は、私を傷つけた過去なんてまったく覚えていなそうだった。健太らしいといえば健太らしいけど、彼と再会しただけで、いまだにあのときのトラウマに胸をえぐられている自分がみじめになってくる。

「ところで、健太はどうしてこんなところにいるの？」

「ああ、そうだ」

健太は急によそ行きの笑みを浮かべると、懐から名刺入れを取り出した。渡された名刺には【Rエージェンシー　アカウントエグゼクティブ　多田健太】と記載されている。

『Rエージェンシー』は国内で有名な広告代理店のひとつだ。

「アカウントエグゼクティブ……」

「三年前に転職して、今は広告代理店で法人営業やってる。Sフーズの新商品のPR事業に携わることになったんだ」

「そうだったのね。新商品って、ひょっとしてあの冷凍ミール？」

「ああ、そうだよ」

〝満腹・おいしく・ローカロリー〟を三本柱に掲げたその冷凍ミールは、女性をターゲットとしたダイエット食品で、パッケージのオシャレさから旬の野菜を使った栄養バランスにまでこだわっている。先日研究所に依頼された検査記録データも、この商品に関するものだった。

「あれ、すごい商品だよな。あんなに満腹感が得られるのに一食百キロカロリーもないなんて信じられない。俺も全力を注ぎたいと思っている」

目をキラキラしながら語る健太は、本気でそう思っているようだ。

商品の売れ行きは、広告のよし悪しに大きく左右される。あらゆる部署が熱を入れているあの冷凍ミールの未来は、広告を請け負う健太の手腕にかかっているといってもいい。

「うれしい感想をありがとう。がんばってね、応援してる」

健太との過去は微妙だけど、仕事に対する姿勢は素直に共感できた。

だけど私は笑顔を浮かべつつも、そろそろここから立ち去りたい空気を醸し出す。

正直なところ、これ以上彼と関わりたくない。

軽く頭を下げて健太に背を向けようとしたところ、「待って」とまた呼び止められた。しぶしぶ振り返ったところ、健太がなぜか押し黙る。

呼び止めておいていっこうに話しだそうとしない健太をいぶかしげに見ていると、

彼が我に返ったように声を出した。

「ごめん。あのさ、奇跡的に久しぶりに会えたんだし、今日飯でも行かない？」

「え？」

唐突にそんな誘いを受けて面食らう。

健太は、大学に入るまで恋愛経験のなかった私の初めての彼氏だった。

あの頃は健太に夢中で、彼が大好きで、身も心もあますところなくすべてを捧げた。

それなのに健太は、一番ひどいやり方で私の気持ちを踏みにじった。

健太とは、できればこれきりにしたい。どんなに時が経っても、彼に植えつけられたトラウマは消えていないとわかったから。

これ以上一緒にいたら、あの頃のみじめな自分に戻ってしまうんじゃないかと怖かった。

答えに渋っていると、健太が真面目な顔つきになる。

「取引先の相手として、鞠乃とまた仲よくしたいんだ。これからこの会社と仕事をするうえで、いろいろと聞きたいこともあるし」

私はハッとした。

健太は単に、仕事の情報を仕入れるために私と交流を持ちたいだけみたい。

今の健太にとっての私は、大学時代の地味な元カノではなく、取引先にいる唯一の知り合い。

私をご飯に誘っているのは、あくまでも仕事目的なんだ。大事な取引先の社員である以上、私も彼を無下には扱えない。

それに気づいた私は、心に湧いた不安を無理やり打ち消した。仕事用の凛とした表情を取り戻し、背筋を伸ばす。

「わかった、行くわ」

「よかった。じゃあ、仕事が終わったら駅にいて。楽しみにしてるよ」

健太は爽やかな笑みを浮かべてそう答えると、廊下の先へと去っていった。

仕事終わり、会社の最寄り駅まで行くと、約束どおり健太が改札の前で私を待っていた。

「鞠乃、お疲れ」

付き合いたてだった頃のような晴れやかな笑みを向けられ、動揺する。

「お疲れさまでした」

私はあくまでも取引先の相手という健太との距離感を崩さないように、毅然とした態度をとった。

「鞠乃の会社って、いいところにあるよな。うらやましいよ」

「そう？　栄えてる町ってわけじゃないけど。お店も庶民的なところが多いし」

「いかにもオフィス街って感じの場所より、なんか落ち着くんだよな」

そんな他愛ない会話をしながら、ふたりで電車に乗り込んだ。

ふたつ先の駅に停車したとき、吾郎さんのたい焼き屋台がぼんやりと頭に浮かんだ。

健太と約束してなかったら、今頃ここで降りて、大好きなカスタードたい焼きを食べていたのに。今日は一度も会社で見かけなかった佐々木くんにも、会えたかもしれない。

窓の向こうの景色を眺めながら、残念な気持ちになる。

健太に連れられ、繁華街のある駅で降りる。適当な居酒屋にでも行くのかと思ったが、連れていかれたのは高そうなフレンチレストランだった。

正面には窓がなく、薄暗い店舗看板があるだけの入りづらそうな外観。

「ここに行くの？」

「ああ。オーナーと知り合いで、予約でいっぱいだったけど、特別に席をつくってもらったんだ」

健太は誇らしげにしながら、さっそくドアを開けて中に入ろうとしている。

「そうなんだ……」

ザワザワとしたお店で、ビールを片手に仕事について熱く語る予定だった私は面食らう。どう考えても、仕事の話をするような場所じゃない。

素敵なレストランに連れてきてくれてありがとう、とお礼を言うべきなのかもしれないけど、戸惑いしかなくて言葉が出なかった。

薄暗い照明に照らされた店内には緩やかなクラシックが流れていて、私たちは窓際の席に案内された。

あらかじめ健太が話を通していたらしく、席について間もなくして、シャンパンが運ばれてくる。

「英国王室も御用達のシャンパンらしい。せっかくの再会なんだから、豪勢に行こう」

とびきりの笑顔とともにそう言われ、シャンパングラスを掲げられる。私も苦笑いを浮かべつつ、シャンパングラスを掲げた。

これはいったい、どういう状況なんだろう？

付き合っているときですら、こんな高級そうなレストランには一度も行かなかったのに。

前菜から順に料理が運ばれてくる中、健太は饒舌に語りだした。

状況はともあれ、話す内容は仕事のことばかりだったので、私はホッと胸をなで下ろす。

とはいえ、周りはカップルだらけで色気のある空気が流れているせいか、どことなく落ち着かない。

ああ、吾郎さんの焼いてくれたカスタードたい焼きにかぶりつきたい……。

上品な料理をフォークでちまちまと口に運びながら、私は何度もいつものたい焼き屋台に思いを馳せた。ガハハと笑う吾郎さんと、たい焼きの湯気で眼鏡を曇らせている佐々木くんの姿が、頭の中にちらついて離れない。

「鞠乃、聞いてる?」

やや強めの健太の声がして我に返ると、目の前に、飴細工でオシャレに飾られたフランボワーズのムースとチョコレートケーキのお皿が置かれていた。いつの間にかデザートが来ていたみたい。

「あ、ごめん……。ぼうっとしてた」

私は慌ててデザート用のスプーンを手に取る。

胸がドクンドクンと不穏な音を鳴らしているのは、健太の少し怒ったような口調のせいだろう。

付き合っているとき、私は健太の機嫌を取るのにいつも必死だった。健太が少しでも機嫌を損ねた様子を見せたら動揺する癖が、いまだ体に染みついているみたい。

冷や汗を浮かべる私に、健太は柔和な笑みを見せる。

「大丈夫か？　仕事のしすぎじゃないの？」

「……どうかな」

私は曖昧に笑うにとどめた。本当は今すぐにでもたい焼き屋台に行きたい、なんて言えない。

健太がやれやれというような顔をした。

「鞠乃は本当にがんばり屋だな。会社で噂を耳にしたよ、『総務部の高根さんは仕事にぬかりがない』って」

「……そっか」

「そういうところ、昔のまんまだ。俺の彼女だったときもそうだった」

健太の視線が、にわかに熱を帯びる。何年も会っていなかったのに、私のことはすべて知っていると言わんばかりの自信を感じてゾッとした。

「見た目はすごく綺麗になったけど」

ひと呼吸置いて、健太が言う。

それから、じっと食い入るように私を見つめた。

恋愛経験に乏しいながらも、一応は三十歳。危険を知らせる警笛が、頭の中で鳴っている。

「鞠乃」

健太が手を伸ばし、グラスを取ろうとした私の手をそっと包み込んだ。

昔は慣れ親しんでいた彼の手のひらの感触は、フラれて数年を経た今、突っぱねたいほど不快なものにしか感じられない。

「こうして再会したのもなにかの縁だ。俺たちやり直さないか？」

私は息をのんだ。

いったい今なにが起こっているのか、すぐには理解できなかった。

「付き合ってた頃、一途に俺を想って尽くしてくれて、今ではすごく感謝してる。あれからすぐ、あのときの彼女と別れたんだ。その後も俺は、誰と付き合っても、鞠乃との別れをずっと後悔してた」

健太の目は真剣だ。

だけど自分に都合のいい言葉ばかりを並べ立てる声が、私を嫌な気持ちにさせる。

気づけば私は、触れられた手を勢いよく引っ込めていた。

今さらなにを言うのと、健太を罵倒したい気分だった。

あの頃はバカみたいに健太が好きだったけど、今はそんな気持ちはまったくない。

とはいえ健太は取引先の人だから、おろそかに扱うわけにはいかなかった。

「……ごめん」

極限の精神状態で、ようやくそれだけ答える。

もう無理とか絶対に嫌とか、もっと拒絶の言葉を吐きたかったけど、ぐっと喉で食い止めた。

私の返事が意外だったのか、健太が表情を曇らせる。だけどすぐにまた、にこりと笑みを浮かべた。

「こっちこそごめん、再会したばかりなのに早まったね。鞠乃があんまり綺麗になってるから焦っちゃって。もう少し待つよ」

待つもなにも、断ったつもりだったけど、健太には伝わってないみたい。まるで素直になれよと言わんばかりの言い方で、背筋が震えた。

その後も健太はデザートを食べつつ上機嫌に話を続けて、私は戸惑いながら聞き役に徹する。

心の中で、すがるように佐々木くんの優しいまなざしを思い浮かべていた。

健太からの思いがけない告白を受けて、ひとつはっきりしたことがある。

今の私はもう、あれほど好きだった健太を、これっぽっちも想っていない。

私はまぎれもなく、佐々木くんが好きなんだ……。

突如私の前に現れた佐々木くんが、まるで春風のようにふわりと、恋に臆病だったこの心をかっさらってしまった。

＊＊＊

「花岡さん、聞いてる？」

イタリアンレストランでの合コン中、白ワインの入ったグラスを手に物思いにふけっていると、向かいの席の男性が話しかけてきた。

大手商社勤務の彼は、俳優にでもいそうな端正な顔立ちをしている。テニスをしているらしく、背が高いうえに体も引きしまっていそうだ。

「ごめんなさい、ちょっと考え事してました」

「もしかして、俺がかっこいいから？」

「ふふ、そんなところです」

冗談に乗っかるように、けれど半分本気も匂わせつつ、上目遣いで微笑みかける。

彼のまなざしがみるみる熱を帯びていった。

「花岡さんって、本当にかわいいね。絶対モテるでしょ」

目を細めて私をじろじろと眺め回している彼は、たやすく落ちそう。スペックは悪くないし、遊びで付き合ってもいいんだけど……。

でもやっぱり、佐々木さんにはかなわないわね。

心の中で深いため息をつく。

佐々木蒼――背は高いけど分厚いレンズの眼鏡をかけていて髪はボサボサ、今まで私が関わったことがないようなタイプのやぼったいSE。仕事ができるという噂は聞いていたけど、オタクっぽいし、完全にノーマークだった。

だけど謝恩会に現れた彼は、髪をオシャレにカットして、細身のスーツに身を包み、激変していた。

どう見ても社内一のイケメンで、喉から手が出るほど欲しくなった。しかも聞くところによると、かなりの高学歴らしい。

絶対につかまえたい！

女慣れしてなさそうだから、簡単に手に入るかも。

そう思って近づいてみたけど。

『実はパソコンの調子が悪くて……ちょっと見てくれませんか？』

『それは俺の仕事じゃないから、すみません』

休憩スペースで、そうやってあっさり断られた。それまで、私が声をかければ落ちない男はいなかったというのに。

そのうえ高根さんを見かけたら、私を捨て置いて、飛ぶように近づいていた。会話の内容までは聞こえなかったけど、あきらかに私に対する態度とは違っていて、怒りが沸々と込み上げるのを感じた。

あんな屈辱、今まで受けたことがない！

あのふたり、お互いをかばい合っていたし、妙に距離が違いような。

佐々木さんの本当のスペックを知らなかったときはキモいとしか思っていなかったけど、素を知った今は悔しくて仕方がない。

あんな年増《としま》の堅物女、なにがいいのかしら？

私はイライラしながらグラスを傾け、白ワインを喉に流し込んだ。

イタリアンレストランを出て、二次会に向かう。

だけど佐々木さんよりあきらかにスペックの劣る彼らとこれ以上一緒にいる気になれなくて、抜けることにした。

「え、花岡さん行かないの？」

「ごめんなさい。お母さんに早く帰るって約束しちゃったんです」

得意のきゅるんとした笑顔で押しきり、足早にその場から立ち去る。イライラしながら駅までの道を急いだ。

すると、駅前の通りの一角に、よく知っているシルエットを見つけた。

「あれってもしかして、高根さん？」

私はとっさに、近くの街路樹に身を隠した。高根さんが一緒にいるのは、どこかで見たことのあるスーツ姿の男性だった。

どこだったかな、わりと最近だったような気がするんだけど……。

アイドル顔でなかなかのイケメンとはいえ、この人も佐々木さんには今ひとつかなわない感じ。それでも世の中的には充分ハイスペックの部類だから、私はますますイラついた。

なんで堅物の年増女に、いい男ばかりが寄ってくるのよ。

人には絶対に見せない憎しみたっぷりの顔で、高根さんを睨みつける。

すると、アイドル顔のイケメンが急に高根さんの手首を掴《つか》んだ。

予想外の行動だったのか男性に慣れていないのか、高根さんはあきらかにびくついている。

「鞠乃」

アイドル顔のイケメンが、真剣な声色で言った。

「よりを戻したいって言ったの、本気だから。真剣に考えてほしい」

「……うん」

なになに、なんの話？

とっさに勘が働き、私はスマホを取り出すと、はたから見れば手をつないでいるように見えるふたりの様子を激写する。

『よりを戻したい』って言ってるってことはつまり、この人は高根さんの元カレなんだ。完璧主義すぎて男には縁がなさそうな高根さんに、あんなかっこいい元カレがいたなんて意外。

いったいどこで知り合ったのよ。

アイドル顔の彼を食い入るように見ているうちに、ふと昨日の記憶がよみがえる。

それは、昼休みに会社の廊下を同期の麻子ちゃんと歩いていたときだった。

向かいから会社では見覚えのないイケメンが歩いてきて、思わず二度見した。
それが彼だった。
『さっきの誰かな？』
彼とすれ違った後で、麻子ちゃんに聞いてみた。
『最近契約したRエージェンシーの営業さんだよ』
なんでも、女性社員の間でかっこいいとさっそく評判になっているとか。
あの人が、高根さんの元カレだったのね。
彼と高根さんは立ち話を終え、駅の方へ歩き出していた。
夜道を並んで歩く姿を見ると、カップルと思えなくもない。
そんなふたりの背中を眺めているうちに閃いた。
「いいこと思いついちゃった」
想像だけで高笑いしそうになりながら、私は足取りを弾ませた。

＊＊＊

昼休み。

同僚とおふくろ食堂で昼食を食べ終えた俺は、会社のエレベーターに乗り込んだ。

増えていく液晶の数字を眺めながら思い浮かべたのは、以前におふくろ食堂で見た高根さんの姿だった。

『やっぱりおいしい～！　たまごのふんわり感がたまらない～！』

会社で仕事をこなしているときとはまるで違う、とろけるような笑顔を浮かべる高根さんは、見ているだけで胸がぎゅっとなった。おそらく本当の彼女は、こんなふうに思うがまま笑う人なのだ。

真面目で、綺麗で、不器用で、子どもみたいで――たまらなく惹きつけられる。

彼女の笑顔をこの先もずっとそばで見ていたい。

このごろ、そう強く思うようになり、歯止めが効かないところまできている。

周りさえうまくいけば、自分のことはどうでもいい――そんな考えで生きてきた俺が、自分のためになにかを強く求めたのは初めてだった。

胸の高鳴りに戸惑いつつも心地よさを覚えていると、エレベーターを降りたところで「こんにちは」と声をかけられる。

立っていたのは、取ってつけたような笑みを浮かべている、栗色のボブヘアの女性社員だった。白のセーターにラベンダー色のふんわりとしたスカートをはいている。

以前、休憩スペースで、パソコンの調子が悪いから見てくれと要求してきた女だ。たしか高根さんと同じ総務部所属だったはず。

顔見知りというレベルでもないが、まったく知らないわけでもないので、俺は軽く会釈して彼女の横を通り過ぎようとした。同僚たちはすでに先へと進んでいて、俺が話しかけられているのには気づいていない。

「待ってください」

彼女に追いかけられ、俺はしぶしぶ立ち止まる。

「少しだけ、こちらへ来ていただけませんか？」

半ば無理やり廊下の隅に連れていかれた。

そして、目の前にいきなりスマホを突きつけられる。

「この写真、見てください」

相変わらずの彼女のぶしつけさにあきれる一方で、否応なしにスマホの画面が目に飛び込んでくる。

そこには、夜道で男と手をつなぐ高根さんの姿が映っていた。

他人同士とは思えない距離感で、ふたりの親密さがうかがえる。

喉に棘が刺さったような感覚がした。

高根さんのほっそりとした手を握っているのは、見覚えのない茶髪のスーツ姿の男だった。

うちの会社のやつ……か？

「これ、飲み会の帰りに撮ったんです。あ、もともと撮るつもりはなくて、月が綺麗で撮ろうとしたら、偶然にも高根さんが映り込んでて……」

男に対する燃えるような嫉妬心が、胸いっぱいに広がる。

スマホの中の男を滅茶苦茶にしてやりたいような衝動が込み上げた。

「その人、最近うちの会社と契約を結んだ、Rエージェンシーの営業さんなんです。そのときの会話を小耳に挟んじゃったんですけど、ふたりは前に付き合ってて、よりを戻すみたいですよ」

彼女の声も、まるで知らない場所から鳴り響いているみたいに現実味がない。

「その様子だと、やっぱり知らなかったようですね。佐々木さん、このごろ高根さんと仲がいいみたいだから、お伝えした方がいいと思ったんです」

高根さんに彼氏……。

いてもおかしくないのに、高根さんに特定の男がいるとは、考えもしなかった。

愚鈍な自分にあきれる。

彼女の笑顔をこの先もずっとそばで見ていたい——そんなふうに、強く思ったばかりだった。だけど俺以外に、当たり前のように彼女の笑顔を独占できる人間がいたなんて。

胸が苦しい。

他人の幸せのために、自分の欲に蓋をして、穏便に済むように振る舞う——それが、俺なりに見いだしたうまく生きる方法だった。

それなのに高根さんを知れば知るほど、彼女を欲していた。

欲を抱いてはいけないって、わかっていたのに……。

俺は唇を噛みしめると、黙ってボブヘアの女子から離れた。彼女は、無視を決め込む俺になにも言ってはこなかった。

しばらく、高根さんから距離を置こう。

廊下を歩きながら考える。

今の精神状態で高根さんに会ったら、嫉妬にまみれた自分自身が、どんな行動を取るかわからない。他人からどう見えるかなんて気にしたことがなかったが、彼女にだけは、醜い姿をさらけ出したくなかった。

俺はまた、弱い自分から目を背けたんだ——。

＊＊＊

再会したとたん、今さらよりを戻したいなんて、健太がなにを考えているのかさっぱりわからない。そして健太への嫌悪感が募るにつれ、佐々木くんに会いたいという気持ちが強くなっていった。

それなのに。

「最近、佐々木くん来ないなー」

いつものたい焼き屋台で、カスタードたっぷりのたい焼きを頬張りながら、私は吾郎さんのつぶやきを虚しい気持ちで聞いていた。

このごろ、ここでめっきり佐々木くんに会わなくなった。

会社でも、これまではなにかにつけて彼を見かけていたのに、最近は姿すら見ない。だけど仕事納めまであと少しだから、忙しくしているのかも。実際、総務部もバタバタだ。

そう何度も自分に言い聞かせたけど、心にぽっかりと穴があいたようで、うまくいかなかった。

「きっと忙しくしてるんだと思いますよ」

どうにか笑顔で答えると、吾郎さんがカウンターの向こうでうなずいた。

「年末にかけて、うちの店も慌ただしくなってきたからね、会社ならなおさらだろう。鞠乃ちゃんも忙しいの？」

「ええ、まあ」

「そうか、今年もあっという間に終わっちまうね。世の中もいよいよ年の瀬っぽくなってきた」

吾郎さんの声に誘われるように、私は夜空を見上げた。

吐き出した白い息が天に昇っていく。

真っ黒な夜空では、綿のような雪がチラついていた。

「あ、雪」

「初雪かなー」

吾郎さんがのんびりとした調子で言う。

佐々木くんとも、ここで一緒に初雪を眺めたかったたな……。

たい焼きはあったかいのに、心が寒い。

ずっとひとりだった。ひとりでも平気だった。

それなのに恋をしている今は、彼がいないというだけで不安になる。

私、弱くなったのかな……？

いや、違う。

本当はずっと寂しかったけど、ひとりでも平気なフリをしていただけ。恋をして、本当の弱い自分が外に出てきたのだろう。

会いたい。話したい。笑った顔を見ていたい。たい焼きおいしいねって言い合いたい。そんな欲望があふれて止まらない。

鉄壁だった私の心を無防備にした佐々木くんを、うらめしくすら思う。

「会いたいな……」

吾郎さんに聞こえないようにつぶやいた声は、小さな白い息となって、寒空に消えていった。

それから、佐々木くんに避けられてる？と感じるようになった。

廊下ですれ違ったとき、視線ひとつ合わなかったのがきっかけだ。

それまでは必ず目を合わせて微笑んでくれたのに。

私、なにかしたっけ……？

たったそれだけで胸がズドンと打たれたようになって、思い悩む。よくよく考えたら、いくら忙しいとはいえ、帰りにたい焼き屋台に寄るくらいはできるだろう。

やっぱり避けられてるんだ。

そう確信し、よりいっそう落ち込んだ。

——『鞠乃ってさ、地味だろ？　前から、連れて歩くの恥ずかしかったんだ。尽くしてくれるから付き合ってたけど、俺も男だからさ、やっぱり彼女はみんなにうらやましがられるようなかわいい子の方がいいんだよね』

かつて健太に吐かれた言葉が、ドロドロと心を汚す。

あの頃の私とは違うんだし、そんなわけがない。痩せたし、オシャレに目覚めたし、スキンケアもメイクもがんばった。

そもそも、佐々木くんは健太みたいに人の見かけにこだわる人じゃない。

じゃあ私の中身のなにかが嫌で、佐々木くんを遠ざけた……？

どんなに年をとっても、些細なことで落ち込む神経質な自分に嫌気が差す。


午後八時。

窓の向こうの夜空には、今夜も雪がチラついている。

年の瀬だからか残業組が多く、こんな時間だというのに総務部のオフィスにはほとんどの社員が残っていた。

遅くまで残業させてしまって、リーダーとして責任を感じる。

花岡さんだけは、お母さんが入院したらしく先に帰ってしまった。お母さん、前も何度か入院してなかったっけ?といぶかしんだものの、プライベートなことなので深く聞いてはいない。

徐々に周りが帰り支度を始め、私もようやく今日のノルマを終えた。いつもの最終チェックで、今日こなした仕事を確認していると。

「あれ……?」

昼過ぎに用意したはずの、安全衛生管理文書の改訂版が見つからない。

間違えて、違う場所に保存したのかな?

カチカチとマウスを操作してパソコン内を探るけど、やっぱりどこにもなかった。

「え、消えた……?」

誤って消去したのだろうか? でも、ゴミ箱にも残っていないのはおかしい。たしかに作ったはずなのに、私のパソコンから忽然《こつぜん》と消えていた。

品質管理データの消失事件を思い出して青ざめる。

でも今回は提出期限まであと三日あるから、あのときほど絶望的ではない。明日とあさって残業すればなんとかなるだろう。

深いため息をつきながらパソコンをシャットダウンする。やっと仕事が終わったというのに、明日からの残業のことを思うと気が重かった。

ああ、おなか空いたな。

かすかに鳴るおなかを押さえ、思い出したのは、卵がふわふわの出し巻き卵だ。

おふくろ食堂の出し巻き卵が食べたい……。

「今からおふくろ食堂行きませんか～」

まるで私の心が読まれたかのように、フロア内にそんな声が響いた。同じく、ようやく仕事をやり終えた様子の梶田くんだ。

「行く行く！」「行きまーす」「賛成～」

すぐにそんな返事が重なって、梶田くんの周りに人だかりができた。

私はいつものように、ひとりアウェイな状態で、盛り上がっている社員たちを遠目に眺める。

いいなあ、私もおふくろ食堂に行きたい。またおばちゃんとも話したい。

「え、待って。高根さん置いて帰るの？」

「いつものことじゃない。高根さんがおふくろ食堂なんか行かないって～」

そんなヒソヒソ声が耳に飛び込んできて、胸がズキリと痛んだ。

完璧にこだわって、自分で自分のイメージをつくり上げてがんじがらめにして、私はいつもこうやって苦しんでる。すべては自分に自信がないからだ。

私は、本当にこのままでいいんだろうか？

——『たい焼き食べてるときも、米田屋で朝定食食べてるときもずっと思ってたんですけど、高根さんって本当にうまそうに飯食いますよね。こんなにうまそうに飯食う人、初めて見ました。なんかいいですね』

いつか聞いた、佐々木くんの声を思い出す。

夢中で食べる私を、佐々木くんは幸せそうに眺めていた。

ありのままの私を認めてくれた。

私は自信を持って、自分らしく生きてもいいのかもしれない。

「あ、あの……」

恐る恐る挙手する。

盛り上がっていた社員たちの視線が、いっせいに私に集中した。

「おふくろ食堂、私も一緒に行っていい？」

場が凍りついたのがわかった。

梶田くんをはじめ、みんなが狐につままれたような顔をしている。

「その……無理しないでください。ああいう大衆食堂みたいなところ、高根さんは行かないですよね？　イメージじゃないし。ゲーム大会でお食事券もらってたけど、困ったんじゃないですか？」

思いきったようにそう発言した女性社員を見つめ、私は大きく息を吸い込んだ。

「実は……大好きなの」

緊張のあまり、怖い顔になっていたように思う。セリフと表情があきらかにつり合っていなかったのか、全員が固唾をのむのが伝わってきた。

陽キャゆえ凍りついた空気に焦ったのか、梶田くんがきょろきょろと辺りを見回し、仕切り直すようにパンッと両手を叩く。

「じゃあ、高根さんも行きましょう！」

そんなふうに私は、居心地の悪い空気の中、同僚たちとともにおふくろ食堂に向かったのだった。

「出し巻き卵、やっぱりおいし〜！」

おふくろ食堂で、レモンチューハイを片手に、私は大好物のおばちゃん特製出し巻き卵を心ゆくまで味わっていた。

卵のふわふわ具合と絶妙の出汁加減が、何度食べてもやみつきになる。お酒は三杯目なので、いい感じに酔いも回り、自分を取り繕うことも忘れていた。

同じ席に座っている同僚たちが、そんな私をポカンと眺めている。

だけどやがて、朗らかな笑い声をあげた。

「高根さん、意外と庶民！」

「こうして見ると、チューハイを飲む姿がめちゃくちゃサマになっていますよ」

「肉じゃがも食べてみてください。私のイチオシなんです」

とたんに、みんなが私に寄ってたかって話しかけてくる。

まるで、昔から仲がよかったかのよう。

オフィスでは一度も感じたことのなかった感覚に、心がじんわりと温かくなった。

笑顔ひとつで、人との垣根がこんなにも簡単に崩れるとは知らなかった。

「ほんとだ、肉じゃがもおいしい！　じゃがいもにめちゃくちゃ味が染みてる！」

「でしょでしょ！　高根さんにわかってもらえてうれしいです～」

いつの間にか私のいるテーブル席には、ほかの席からも同僚たちが集まっていた。

みんな酔ってるのもあって、普段の距離感が嘘みたいに親しげだ。

「俺、高根さんに、ずっと謝りたかったんです」

隣に梶田くんが座ってきた。

いつになく真剣な梶田くんの顔を見ているうちに、彼がなにについて言っているのかがわかった。

おそらく、花岡さんに佐々木くんを悪く言われ、注意したときのことだ。

――『高根さんはみんなに厳しすぎます。誰しもが、高根さんみたいに完璧に仕事がこなせるわけではないんです。自分の理想を人に押しつけないでください』

梶田くんのそのひと言に、私はたしかに傷ついた。だけど自業自得だなと思うところもあって……。

「高根さんは厳しいけど、いつもさりげなくみんなをフォローしてくれてるって、知ってました。本当は、ひそかに感謝してたんです。だからあのとき、とっさにあんなふうに言ってしまい、すごく後悔しました」

「梶田くん……」

珍しく落ち込んでいる梶田くんを見ていると、彼が本気でそう思っているのが伝わってきた。

「気にしないで、そんなふうに思わせた私が悪いんだから」

「高根さん、実はめっちゃいい人じゃないですか」

梶田くんがまるで憧れるようなキラキラとしたまなざしで私を見てくる。

「……そういうのは慣れていないからやめてほしい」

私は急に恥ずかしくなってうつむいた。こういうときにうまく対処できる人間には、いつまでもなれそうにない。

「なんかかわいいっすね」

梶田くんが、私のあまのじゃくな態度の意味をわかっているかのように、明るく笑い飛ばした。

「私もずっとお礼を言いたかったんです！　新人のとき、ものすごく丁寧なマニュアル作ってくれてたんだって、後から気づいて……。ほかのOJTのマニュアル見たら適当だったから、高根さんは厳しかったけど本当に私を思ってがんばってくれてたんだって知ったんです」

「高根さんは業務中は厳しいけど、必ず私たちを定時で帰してくれてましたよね。あれがどれだけすごいか、最近になってようやく理解できました。ありがとうございます！」

梶田くんに続くように、社員たちが私に感謝の言葉を投げかける。

今まで彼らとの間に引かれていた一線が、一緒に大衆食堂でお酒を飲んだことで、瞬く間に崩れていくのがわかった。

終始楽しいまま飲み会が終わり、ほろ酔いでおふくろ食堂を出る。

和気あいあいとしながらみんなとともに夜道を歩き、駅に向かっていると、瀬戸さんが神妙な面持ちで近づいてきた。

「あの」

「瀬戸さん？　どうかした？」

「高根さん、本当にごめんなさい。私、ずっと謝りたくて……」

切羽詰まったような顔をしている瀬戸さん。

「高根さんが言ってたことは本当だったって、実感するようになったんです。私、自分に甘かったことに気づきました……」

真面目がゆえに思い悩んでいたのだろう。この飲み会で私に話しかけてきた誰よりも深刻そうだった。

「正直に言うと、優しい声をかけてくれる方に憧れていた時期もあったんです。でもなんか、一緒にいて腑に落ちなくて……。本当の意味で私や会社を思っていないのが、だんだんわかったというか……」

そういえば最近、瀬戸さんが花岡さんや西田さんと一緒にいるところを見ない。『優しい声をかけてくれる方』とは、花岡さんを指しているのかもしれない。

たしかに花岡さんはこのごろ、どこかピリピリとした空気を漂わせている。ちょうどあの謝恩会の後くらいからだ。

「いいのよ。思いを伝えてくれてありがとう」

お酒の力もあって、私は素直に瀬戸さんの謝罪を受け入れた。

気の弱そうな瀬戸さんがここまでざっくばらんに語るのは、相当な覚悟が必要だっただろう。だけど瀬戸さんは勇気を振り絞り、私に伝えてくれた。

思いを口にできないのは私も同じだ。むしろ、私の方が重症かもしれない。

だから、瀬戸さんの勇気を心から尊敬する。

「高根さん……」

すると瀬戸さんが目をうるうるさせる。私はとっさに彼女の頭にポンと手を置いた。

冬の夜風が、向かい合う私たちの横を通り過ぎていく。

凍えるほど寒いのに、心は温かかった。瀬戸さんと心が繋がるのを感じながら、私はまた知らず知らず佐々木くんのことを考えていた。

佐々木くんがこの場にいたら……。

うれしいときは彼に会いたくなる。こんなことがあったんだよって、カスタードたっぷりのたい焼きを食べながら、彼に伝えたくなる。

彼なら優しい目をして私の話を聞いてくれるってわかっているから。

どんな私でも受け入れてくれそうな、不思議な安心感を与えてくれるから——。

健太と付き合っていたときは、一度だってこんな気持ちにはならなかったのに。

嫌われたらどうしよう、飽きられたらどうしようって、怯えてばかりだった。

あれはただの依存で、本当の恋じゃなかったんだって、ようやく気づいた。

だけどその後も、佐々木くんとの間に不自然に距離が開いたまま、仕事納めが近づいてきた。

今年のお正月休みは、土日の日付的にいつもより長い。

佐々木くんとギスギスしたまま休みに入るのは、どうしても避けたい。

他人から距離を取られることに慣れている私だけど、今回は動かずにはいられなかった。

仕事納めの日の夕方、私は仕事を終えるなり情報システム部に向かった。佐々木くんに、どうして私を避けているのか聞くためだ。

エレベーターが開いた瞬間、佐々木くんとばったり出くわした。偶然にも、エレベーター待ちをしていたみたい。

私を見て、佐々木くんが驚いたように目を見張る。

久々に見る彼は、まるで知らない人みたいだった。少し前まで心が近づいたように感じていたのに、悲しくなる。

だけどくよくよしている場合じゃない。

「佐々木くん、話があるんだけど」

「はい」

佐々木くんは暗い表情で答えると、そのままエレベーターに乗り込む。幸いにもほかに人はおらず、私はさっそく話を切り出した。

「私……なにかしたかな？」

「どういうことですか？」

「避けられてるように感じるの。気のせいじゃないと思う」

言った後で、佐々木くんがことあるごとに私を支えてくれたことを思い出し、胸が苦しくなる。表情を取り繕うのはお手のもののはずなのに、うまくいかない。今にも泣きだしそうなのを必死にこらえた。

佐々木くんはそんな私を見て表情をこわばらせた後、サッと目を伏せた。

「高根さんはなにも悪くないです。俺の問題です。そんなことより――」

佐々木くんは、かたくなに私を見ようとしない。

「高根さんには、俺なんかよりも気にかけないといけない人がいるでしょう？」

「どういう意味？」

佐々木くんの言いたいことがさっぱりわからず、私は眉根を寄せた。

すると彼が、ハッとしたように顔を上げる。そのタイミングで、エレベーターが一階に着いた。

「すみません、余計なことを言いました。お先に失礼します」

佐々木くんは低い声で答えると、エレベーターをすばやく降り、私を残してあっという間に遠ざかってしまった。


年末は、佐々木くんとの関係に落ち込んだまま、新幹線で三時間の距離にある実家に帰省した。

地元は田んぼばかりの絵に描いたような田舎で、スーパーやショッピングモールまでも距離があり、車がないと不便な地域だ。

のんびりとした景色に囲まれていると、都会であくせくと働いていた日々が幻だったように思えてくる。それなのに佐々木くんに避けられて生まれた心の傷だけは、かすむ気配がない。

むしろ彼からより離れてしまった今、心に大きな穴をつくっていた。

そんな私の事情なんかをよそに、お正月になると、親戚が実家に大集合する。

「鞠乃ちゃんは、結婚はまだなのかね？」

酔っ払った親戚のおじさんにド直球で絡まれ、私は実家で買っている三毛猫のミケコをなでまくって引きつり笑いを浮かべた。

「もう三十だろ？　見合いした方がいいんじゃないかい？」

「せっかくこんなに綺麗になったのに。やっぱり性格がきついからかねえ？　お姉ちゃんみたいに愛想よくないから」

私が完璧にこだわるきっかけをつくった愛嬌たっぷりの姉は、五年前にあっさり結婚した。自由気ままな姉にぴったりのたっぷり甘やかしてくれそうな温厚な夫は、会社の先輩らしい。三年前に男の子も生まれて、田舎の人たちから見れば、女としての人生を謳歌しているように見えるようだ。

子どもの頃は姉に比べてしっかり者と褒められてきた私だけど、結婚が遅れたとたん、このありさまだ。田舎の結婚第一主義は居心地悪いことこのうえない。

「はあ、疲れた……」

親戚の集いが終わった夜、お風呂から上がった私は、高校まで使っていた懐かしい勉強机や本に囲まれた部屋のベッドに身を投げ、大きくため息をついた。

ベッドで丸くなっていたミケコが一瞬だけ顔を上げたけど、またすぐに寝る体勢に戻る。窓の向こうには、大きな満月が浮かんでいた。

佐々木くんも実家に帰ったのかな……。

ギスギスとした胸の痛みとともに、また佐々木くんのことを思い出していた。

もはや、佐々木くんのことを考えずにはいられない頭になってしまった。彼が私から離れようとしている理由がいまだにさっぱりわからず苦しい。

――『高根さんには、俺なんかよりも気にかけないといけない人がいるでしょう？』

仕事納めの日、佐々木くんは私に向かって吐き捨てるようにそう言った。

「あれ、どういう意味だったのかな」

年季の入った木目調の天井を眺めながら、ぼんやりとつぶやく。

佐々木くん、なにか勘違いしてる？

メッセージアプリのＩＤを聞いとけばよかった。今すぐ尋ねることができたから。

でも、もしそうだったとしたら、返信がないとか、なんて返したらいいかとか、また悩み事が増えていたかもしれない。

「あー、どうしたらいいのかわからない」

いい年して恋愛初心者、そして小心者の自分に、本当に嫌気が差す。

呻きながら、眠っているミケコをむぎゅっと抱きしめた。ミケコは迷惑そうにうっすらと目を開けたけど、されるがままになっていた。


お正月明け。

「高根さん、あけましておめでとうございます！　本年もよろしくお願いいたします！」

オフィスに行くなり、新年早々ハイテンションな梶田くんに明るく出迎えられた。

「高根さん、あけましておめでとうございます」

「これ、旅行のお土産です。よかったら食べてください」

あの年末の飲み会をきっかけに、オフィスのみんなとの距離が縮まったようで、次々と声をかけられる。いつもひとりだけ敬遠されていたから、こんな状況には慣れないけど、素直にうれしい。

「ありがとう、みんな」

胸をじいんとさせながら微笑んでいると、デスクに影が射した。

「高根さん、あけましておめでとうございます。今年もよろしくお願いいたします」

丁寧かつ上品に新年の挨拶をしてきたのは、花岡さんだった。

栗色のボブヘアはツヤツヤで、ピンク系のアイシャドウが薄ピンクのニットワンピースによく似合っている。相変わらずかわいい彼女は、今日も今日とてオフィス中の男性社員の視線を集めていた。

「花岡さん、あけましておめでとう」

挨拶を返すと、花岡さんがにっこりと優雅な笑みを浮かべる。

その笑顔にどこか身が凍るような恐怖を感じたけど、それがどうしてかはよくわからなかった。


新年初の仕事を終えて会社を出たのは、午後六時半だった。

今にも雪が降りそうな冷えた空の下、トレンチコートに身を包んだ体を縮めて、三センチヒールで歩き出す。

「新年の挨拶をしに、吾郎さんの屋台に行こうかな」

独り言をつぶやきながら駅までの道を歩く。

「鞠乃」

すると、目の前に誰かが立ちはだかった。私の行き道を塞ぐようにして立っていたのは、久しぶりに会う健太だった。

復縁を申し込まれてから、何度か健太とは社内で会って声をかけられたけど、私はどうにかかわしていた。

――『よりを戻したいって言ったの、本気だから。真剣に考えてほしい』

あのときの返事を、曖昧にしたかったからだ。

健太の態度を見る限り、いまだに私が彼を好きだと思い込んでいるようで、怖いとすら感じている。

これ以上関わりたくなかったけど、こうやって仕事が終わるのを待ち伏せされて通せんぼされたら、さすがに向き合うしかない。

「あけましておめでとう」

「……うん、おめでとう」

あたり障りのない新年の挨拶をしてきた健太に、とりあえず角を立てないよう返事をする。

私のその態度が親密に感じられたのか、健太が一歩私の方へと歩み寄った。

「大学のときから、メッセージアプリのＩＤ変えた？　何度か連絡したんだけど」

「ごめん、だいぶ前に変えたの」

健太にフラれた直後、悲しくて悲しくて、彼からの連絡を期待してしまう自分が嫌になって、メッセージアプリを一度削除したのだ。

「そっか。じゃあ、新しいＩＤ教えてよ」

当然のようにスマホをポケットから取り出してきた健太は、いまだに私とよりを戻したいと思っているらしい。

かつてあれだけこっぴどく振った女に、今になってしつこく迫る心理が、やっぱり私にはわからない。

私はあやうく流されてスマホを取り出しそうになった。

だけど気を引きしめ、カバンに入れた手を引っ込める。

健太に嫌われたくなくて、どんなに冷たくされても尽くしていた頃のみじめな自分を思い出したからだ。

――『たい焼き食べてるときも、米田屋で朝定食食べてるときもずっと思ってたんですけど、高根さんって本当にうまそうに飯食いますよね。こんなにうまそうに飯食う人、初めて見ました。なんかいいですね』

佐々木くんの声が、耳によみがえる。

梶田くんや瀬戸さん、私に心を開いてくれるようになった総務部のみんなの顔も脳裏をよぎった。

そうだ。今の私は、自分で自分を大事にすることができる。

自分の価値を、前よりも見いだせるようになった。

「ごめん。教えたくない」

私は曖昧に笑うのをやめて、冷たく健太を見据えた。

健太は大事な取引先の人だけど、それとこれとは別の話だと気づいた。

私を見つめる健太の表情が凍りついた。彼なりに、私の強い決意を感じ取ったのだろう。

「それにもう、健太と付き合うつもりはない。仕事相手としては健太を大事に思ってるけど、プライベートではこれ以上関わりたくない。私と健太の関係は、もうとっくに終わってるの」

私は真っすぐに健太を見つめ、迷いなく気持ちを語った。

もう健太のことは怖くなかった。

健太の瞳にあからさまな動揺が浮かぶ。

これ以上用はないとばかりに、私は健太の横を通り過ぎようとした。

――バシッ！

だけど強めに手首を握られて引き留められ、思いがけない痛みに顔をしかめる。

「あれからいろんな子と付き合ったけど、鞠乃みたいに俺に尽くしてくれる子はいなかった。だからずっと後悔してた。鞠乃をずっと忘れられなくて――」

私の手首を握る健太の手に、よりいっそう力がこもる。

「いた……っ」

あまりの痛みに思わず声が出たけど、健太は放してくれない。

まるで私に執着するように、握った手首をしめつける。

「しかも再会したとき、鞠乃がめちゃくちゃ綺麗になってて、一気に心を持ってかれた。俺が本当に好きになったのは鞠乃だけだったんだって、気づかされたよ」

健太の勝手な言い分に、私は吐き気を覚えるほどの嫌悪感を抱いた。

自分に尽くしてくれたから、付き合ってた頃より見た目がマシになったから、よりを戻したいってこと？

自分勝手にもほどがある。

こんな人に夢中になっていたあの頃の私を情けなく思った。

「離して……っ！」

健太に握られた手の痛みがいよいよ増して、私は悲鳴に似た声を張りあげた。

そのとき、どこからともなく伸びてきた腕にぐいっと体を引き寄せられ、気づけば私は健太から引き剥がされて誰かの胸の中にいた。

「おふたりの関係がどうであれ、こんなに痛がってるのに離さないのは、立派な暴力です」

真上から聞こえた声は、私が聞きたくて仕方がなかったあの声だった。

「佐々木くん……」

ドクドクと心臓の音が加速するのを感じながら上を見る。私を片手で抱きしめながら鋭い視線を健太に向けているのは、思ったとおり久々に会う佐々木くんだった。

健太が怪訝な顔をする。

「佐々木？　誰だよ、お前」

「Sフーズの社員です。Rエージェンシーの方ですよね？　うちの社員に暴力を振るったことが会社に伝われば、問題になるのでは？」

佐々木くんの力強い声には、普段の彼からは考えられない、圧倒されるような気迫があった。

健太もそれを感じたようで、怯んだような表情を見せる。

「……くそっ！」

面倒事は避けたいと思ったのだろう。健太は露骨な悪態をつくと、足早に私たちの前から姿を消した。

目の前から健太が立ち去っても、佐々木くんはしばらくそのまま、片手で私を抱きしめていた。彼の心臓の音が、私の耳もとで直に鳴り響く。

佐々木くんの体は思っていた以上に大きくて、底知れない温かさがあった。見た目はスリムなのに、こうして腕の中にいると意外と筋肉質なのが伝わってくる。

凍えるほどの寒さも、健太に握られた手首の痛みもあっという間にどこかに飛んでいったほど、私の感覚は佐々木くん一色になった。

佐々木くんの匂いが好きだ。

大きな手のひらの感触が好きだ。

かすれたような吐息が好きだ。

ずっと、このままこうしていられたらいいのに……。

佐々木くんがここにいるという現実を噛みしめるだけで、泣きたくなってくる。

彼のおかげで強くなれたはずなのに、同時に心のどこかがもろくなったかのような気すらした。

やがて佐々木くんは、我に返ったように私の背中から腕を離し、心配そうに顔を覗《のぞ》き込んでくる。

「手首、大丈夫ですか？」

「あ、うん。その……助けてくれてありがとう」

健太に握られた手首の痛みなんて、佐々木くんが上書きしてくれたおかげで、もう跡形もなく消えていた。

「いえ、当然のことをしたまでです。はた目から見ても、高根さん、あきらかに痛がっていましたから」

至近距離で佐々木くんと目が合う。

真っすぐな濁りのない目と、筋の通った鼻筋、引き結ばれた薄い唇。

どうして私を避けてたのとか、本当はいろいろ聞きたい。佐々木くんのまなざしも、なにかを聞きたいけどためらっているように見えた。

距離が開いていたせいか、私たちの間には今まではなかった一線ができているのを感じる。

それでも彼がまた話しかけてくれて、素直にうれしい。

だから私は、うれしい気持ちそのままに微笑んだ。

「佐々木くん。あけましておめでとう」

吐き出した白い息が、私を見下ろす佐々木くんの方へと昇っていく。

佐々木くんが、ほんの少し驚いたような顔をした。

だけどやがて、崩れるように優しい笑みを浮かべる。

「はい、あけましておめでとうございます」

ああ、私はやっぱり、この人が好きなんだ。

改めて、強く思った瞬間だった。

五章　今は自分を愛せます

一月の終わりの金曜日、日帰り社員旅行に参加した。

福利厚生の一環として、宿泊型の旅行、日帰り旅行、ボーリング大会の中からどれかを選べるため、私は毎年日帰り旅行にしていた。

今回の行き先は、近場の温泉らしい。旅館で食事をして、レクリエーションとして温泉街を散策した後で入浴という流れのようだ。

午前七時、私は指定された駅に向かった。ここからチャーターしたバスに乗って、温泉地へと向かう。

「おはようございます。高根さんも、日帰り旅行選んだんですね」

バスの席の隣は、瀬戸さんだった。

瀬戸さんとは年末に和解して以来、ときどき仕事以外の話もする仲になっている。

「うん、毎年日帰り旅行にしてる。泊まりってちょっとハードル高くて。ボーリングも下手だし」

「わかります。私も人見知りなんで、宿泊は戸惑っちゃいました。運動音痴だからボーリングも微妙だし。昨日はしっかり寝たんで、今日は目いっぱい楽しみます！

高根さんも昨日はたくさん寝ましたか？」

「……え？　うん、まあね」

私は曖昧に答えるにとどめた。

実は昨日、終業直後に、大量の資料作成依頼が緊急で舞い込んできたのだ。

期限はあさってまで。社員はみんな帰った後で、私はやむをえずひとりで作成に取りかかった。

翌日に回したかったけど、日帰り旅行を入れていたため無理だった。リーダーである私の最終チェックが必要なので、誰かに頼んだところで結局私のもとに回ってくる。

つまり、その日のうちにするしか選択肢がなかったのだ。

だけど間に合わず、仕事を家に持ち帰る羽目になった。これが案外時間がかかって、一時間程度しか寝れていない。

睡眠不足のせいで眠いうえに頭痛もして、実は最悪のコンディションだった。

あー、頭がズキズキする……。

こんなことなら頭痛薬を飲んでくればよかったと後悔しながら、私はバスの窓に頭をもたげた。

温泉宿に到着し、ロビーに集合したところで、やたらと女性社員の視線を集めている人物に気づく。佐々木くんだった。

佐々木くんも、日帰り旅行にしたんだ。

違うバスに乗っていたようで、気づかなかった。

グレーのフード付きパーカーに黒のジャケットという服装の佐々木くんは、ラフな格好なのに、その抜群のスタイルと美顔で群を抜いて目立っていた。細フレームの新しい眼鏡も、知的な雰囲気を醸し出していて、彼の唯一無二のイケメン感にひと役買っている。

あの謝恩会の日以来モテ続けているようで、今も女性社員に話しかけられていた。もさいと言われていた頃と変わらない淡々とした受け答えをしていたけど、見た目がイケメンだとクールに感じるのか、女性社員たちが頬を赤らめている。

なんだか、手が届かない存在の人になったみたい。

寂しさを覚えながら佐々木くんを眺めていると、ばっちり目が合った。ぺこりと頭を下げられ、私も頭を下げ返す。

少し前に、路上で健太に無理やり手首を掴まれたとき、佐々木くんは私を助けてくれた。

あのときは一瞬、前のような関係に戻れるような気がしたけど、その後も佐々木くんはなんとなく私を避けている。だから私たちの間に漂う空気は、以前ほどじゃないにしてもやっぱり気まずかった。

さっそくランチタイムとなった。

オーシャンビューレストランでのビュッフェバイキング。海沿いの宿なので新鮮な海鮮料理がいっぱい並んでいるけど、私は食欲が湧かなくて、サラダばかりちまちまと食べていた。

「高根さん、それだけですか？」

お皿に料理をこれでもかと盛った瀬戸さんが、私の隣に座る。

「ここのお料理、全部本当においしいですよ！」

「うん、食べたいんだけどあんまり食欲なくて……」

「そういえば、なんか顔赤くないですか？　ちょっと失礼しますね」

ためらいがちに私のおでこに触れた瀬戸さんが「えっ、もしかして熱ないですか？」と声をあげる。

「フロントでお願いして、ちゃんと計った方がいいですよ」

瀬戸さん以外にも女性社員が集まってきて、みんなに心配されながらフロントに向かう。検温の結果は、三十八度。

日帰り旅行の担当者がホテルの関係者にかけ合ってくれ、一室借りて休憩することになった。

シングルルームのベッドに横になりながら、私はため息をつく。

食事後の温泉街散策は、私は当然キャンセル。帰る時間までここで休むしかない。

みんなに迷惑をかけてしまった……。

完璧主義者としては居たたまれないけど、瀬戸さんをはじめ、親切にしてくれたみんなの優しさが胸に響いている。

人に弱さを見せるのも、時には大事なんだ。

自分の気持ちを口にして、弱さもさらけ出す——今までの私の生き方とは真逆だけど、心は軽かった。そして人とつながれている気がする。

どうやら私は最近、少し変わったらしい。

佐々木くんとの出会いが、自分で自分を縛りつけていた私を解放してくれた。

佐々木くん、今頃みんなと温泉街散策を楽しんでるかな？

彼が楽しんでいるところを想像したらうれしいけど、さっきみたいに女子に囲まれてるんじゃないかと思うと、胸がモヤモヤした。嫉妬するような資格は、私にはないのに……。

熱が上がってきたのか、なんだか体がふわふわする。

──コンコン。

ドアをノックする音が聞こえて、私は下ろしていた瞼をゆっくりと上げた。

熱のせいで意識がもうろうとする中、気のせいかなと一瞬考えたけど、続けてまたノックの音が響く。

「高根さん、しんどいところ、すみません。開けてくれませんか？」

そんな声がかすかに聞こえ、私はふらつきながら身を起こした。

佐々木くん……？

間違いなく、佐々木くんの声だった。急いでマスクをし、どうにか歩いてドアを開ける。すると、ビニール袋を手にした彼が立っていた。

佐々木くんは熱に浮かされている私の姿を見て、胸を痛めたような顔をする。

「起こしてすみませんでした。どうか横になってください」

背中に遠慮がちに触れて私のふらつく体を支え、ベッドへと連れていかれる。

「解熱剤と風邪薬買ってきました。あとスポーツドリンクと冷却シートも。薬飲んでひとまず寝てください」

「……ちょっと待って。佐々木くん、レクリエーションはどうしたの？」

佐々木くんに布団をかけられながら、私は戸惑いを隠せずにいた。

「行きません、高根さんに付き添います」

「どうして……」

「話し合いで付き添い係になったんです」

言葉を濁すふうに言う佐々木くん。バツが悪そうな雰囲気だったので、ひょっとしたら、じゃんけんかなにかで決まったのかもしれない。

せっかくの日帰り旅行なのに、温泉街を散策したり温泉に入ったりせず、ひたすら病人に付き添うなんて、佐々木くんがあまりにも気の毒だ。

佐々木くんが手際よく水の入ったコップを用意し、薬と一緒に手渡してくれる。

「ありがとう……」

とりあえず薬を飲んだものの、彼の優しさを感じれば感じるほど罪悪感が深まった。

「佐々木くん、私のことはいいから、レクリエーションに参加して」

「高根さんを放っておけません」

「みんなもきっと、佐々木くんがいなくて残念がってるよ」

佐々木くんと話しながら頬を赤らめていた女性社員たちを思い浮かべる。

「私なんかのために、自分を犠牲にしないでほしい」

これ以上佐々木くんを好きになったら困るのに……。

熱に体を蝕まれているせいか、目頭が熱くなってきた。

佐々木くんは三歳も年下で、ハイスペックで、ダメな自分を隠して完璧を装っている私なんかが、好きになっていい人じゃないのに……。

佐々木くんの目つきが変わった。

「『私なんかのため』？　どうして、自分を価値のない人間のように言うんですか？」

怖いほど真っすぐに見つめられ、なにも言い返せなくなる。

「さっき言ったこと、本当は嘘なんです」

佐々木くんが、ボソッとつぶやいた。

「付き添い係を決めるとき、話し合ったわけじゃなくて、俺が立候補したんです。ほかの人が高根さんに付き添うのが、どうしても許せなくて」

熱に浮かされつつ、時が止まったかのように佐々木くんを見つめる。

まるで、嫉妬しているかのような言い方だった。だけどそんなわけがない、と必死に心の中で自分に言い聞かせる。

期待して落とされるのが怖いから。

「高根さんは努力家で優しくて、だけど不器用なところもあって……目が離せないんです。できればずっとそばにいられる唯一の男になりたい」

佐々木くんは、そんな言葉で私の杞憂をあっという間に吹き飛ばした。

まるで告白されたかのような状況に、私は目が点になる。

「……すみません。高根さんには付き合っている人がいるのに」

ぼうぜんとしていると、佐々木くんが声を落とした。

付き合ってる人？

彼がなにを言っているのかわからなくて、私は心臓がバクバク鳴るのを感じながら首をかしげる。

「でも、あんな暴力的なやつは絶対にやめた方がいい」

射貫くような視線を向けられる。

以前に健太に強く手首を掴まれ、佐々木くんに助けられたときのことを思い出した。

彼は、私と健太との関係を誤解しているようだ。

「付き合ってる人なんて、いないよ」

「この間一緒にいたRエージェンシーの人は違うんですか？」

「あの人とは大学のとき付き合ってたけど、たまたま再会しただけで、そんな関係じゃない」

「もう好きじゃないんですか？」

「うん、好きじゃない」

佐々木くんに恋をしてから、大学のときの私も、本当の意味では健太のことが好きじゃなかったんだと気づいた。

ずっと一緒にいたい、そばにいて安心する。

そんな感情が、自然と心の底から湧き立つのが、恋なんだと思う。

健太といたときの、嫌われたらどうしようと焦ってばかりいた私は、恋をしていたわけではなくただ自分の存在意義のために彼を手放したくなかっただけ。

健太だけじゃない。私だって、充分自分勝手だったんだ。

「私が好きなのは――」

佐々木くんへの想いが胸にあふれ、声が震えた。彼を見つめる瞳に、体調不良のせいだけじゃない熱が集まる。

――佐々木くんだよ。

肝心のセリフを口にできないまま、私は彼をすがるように見つめた。

いつもは強くいられるのに、肝心なところで弱くなる自分にあきれてしまう。

だけど佐々木くんは、そんなダメな私ですら受け入れるとでもいうように、フッとやわらかく微笑んでくれた。たったそれだけで、緊張でカチンコチンだった心がほどけていく。

「高根さん。俺と、付き合ってくれますか？」

いつもの彼らしい淡々とした口調だったけど、言葉に滲んでいる緊張感がこちらにまで伝わってきた。

私をひたむきに見つめる彼の目は、ほんの少し泣きそうで、どれほど強い覚悟でそう切り出してくれたかが伝わってくる。

私は涙目で、こくこくとうなずいた。

強がってばかりで本当は頼りないし、佐々木くんより年上だけど、それでもいいんだと思えた。彼も私を求めてくれてるんだという事実で、頭の中がいっぱいだ。

「……はい」

そう答えると、佐々木くんはまるで氷が溶けるように朗らかに微笑んだ。

陽だまりみたいな笑い方だった。

じめじめしていた私の世界が、光に染まっていく。

これから先どうなるのかわからない。

幸せになろう、なんて安直なことも言えない。

それでも彼のそばにいていい存在になれた今、震えるほどにうれしかった。

「……発熱してるのに、すみません。俺ずっとここにいるんで、しっかり休んでください ね」

我に返ったように早口で言った佐々木くんの顔は、熱があるわけでもないのに真っ赤だ。

「……うん。ありがとう」

私は、布団の中でそっと瞼を下ろす。

熱で体はしんどいし、レクリエーションに参加できなくて佐々木くんには申し訳ないけど、気持ちは安らいでいた。

目を閉じても、隣に佐々木くんの気配を感じる。

たったそれだけのことに、なににも代えがたいほどの幸せを感じた。


佐々木くんは私が眠っている間、ずっと付き添ってくれた。レクリエーションには参加せず、温泉にも入らずに。

目覚めてすぐ、心配そうに私を見守っている佐々木くんの顔が目に飛び込んできた。

解熱剤が効いて幾分か体が楽になったせいか、気恥ずかしさが今さらのように胸に押し寄せる。

そうだ。私さっき、佐々木くんと付き合うことになったんだった。

佐々木くんも同じく恥ずかしがっているのか、会話が妙にギクシャクしていた。

バスで都内まで戻り解散になると、佐々木くんが病院に連れていってくれた。

結果はただの流行り風邪。数日休めば落ち着くだろうと言われた。

幸いにも明日から土日なので、会社を休む必要はなさそうだ。

帰りは、佐々木くんがタクシーで家まで送ってくれた。

「佐々木くん、本当にありがとう。伝染ってないといいけど……」

「大丈夫ですよ、高根さんずっとマスクしてくれてましたし」

「マスクは絶対じゃないから。気休めって説もあるし」

「高根さんからもらった風邪なら、大事にします」

窓の向こうを夜の景色が流れる車内で、目を合わせてそんなことを言われる。

冗談なんだろうけど、どことなく本気にも聞こえて、私は返答に詰まった。

「そうだ。高根さん、連絡先交換しましょう」

また年がいもなく赤面しそうになったところで、佐々木くんがスマホを取り出す。

「あ、うん」

私たちは、メッセージアプリのＩＤを教え合った。

なにかあったらすぐ連絡するようにと、しつこいくらい佐々木くんに念を押される。

自宅マンションに着くと、エントランスまででいいって言ったのに、佐々木くんは玄関まで私を送ってくれた。


土曜日は何度も佐々木くんとメッセージをした。

体調を尋ねられたり、体温を聞かれたり、薬を飲んだか確認されたり。

淡白なイメージだったのに、意外にもマメな人のようだ。彼氏になったとたん、違う一面を見せてくれる彼にドギマギする。

メッセージがきただけで気持ちが高ぶる。

返信待ちのときも、いつくるかばかり考えてしまう。

頭の中が佐々木くん一色になってしまった。

「私、本当に佐々木くんと付き合ってるんだ……」

また、そんな信じられない気持ちになる。

こうして離れていても、互いを気にかけ合う仲になったんだ。

ベッドの中で丸まって身もだえる。

ここ何年かで感じたことがないほど、私は幸せだった。


そして日曜日。

解熱剤を飲まなくても、熱が三十七度前半くらいに下がった。これくらいなら問題なく動けるけど、明日からの仕事に備えて今日もベッドの上で過ごすことにした。

ベッドボードに置いていたスマホが震える。

佐々木くんからの着信だった。メッセージでは何度もやり取りしたけど、電話がかかってくるのは初めてだ。

『俺です、調子はどうですか？』

「うん。もうだいぶよくなったよ、ありがとう」

二日ぶりに聞く佐々木くんの声に、気持ちを弾ませながら答える。するとスマホの向こうで、彼がなにかを言い淀むように黙った。

『その……』

「ん？」

『今から、家に行ってもいいですか？』

「えっ⁉」

思いもしていなかった提案に面食らう。

本音を言うと会いたいけど、さすがに日曜日まで家に来てもらうのは悪い。

「気持ちはうれしいけど――」

『もう、マンションのエントランスまで来てるんです』

「ええっ⁉」

かぶせ気味に声がして困惑していると、オートロックのインターホンが鳴った。

モニターを確認すると、グレーのコート姿の佐々木くんが、ビニール袋を持ってマンションのエントランスに立っている。

私は急いで通話のボタンを押した。

「お、おはよう」

『おはようございます。すみません、高根さんが心配でじっとしていられなくなって、気づいたら来てました』

「休みなんだからゆっくりしたらいいのに」

『俺は高根さんの彼氏なんだから、これぐらい当然です』

画面越しに、少し恥ずかしそうに言われた。

佐々木くんの恥じらいが伝染したように、私の顔もほんのり熱くなる。微熱と合わさって、わけのわからないことになってしまった。

こんな強引な人だったっけ？と戸惑うものの、知らなかった彼の一面を知れてうれしくもある。

「……とりあえず上がって」

外は寒いし、佐々木くんまで風邪をひいたら大変だ。

開錠ボタンを押してから、洗面所に行って鏡を確認する。

私、思いきりすっぴんなんですけど……。

化粧をする時間なんかあるはずもなくパニックになりかけたけど、佐々木くんに素顔を見られるのはこれが初めてではないと気づく。

それに、佐々木くんが見た目だけで判断するような人じゃないってことも、もうわかっていた。

どうにか気持ちを鎮めていると、玄関のチャイムが鳴った。

「いらっしゃい。なんかごめんね」

「こちらこそ勝手にすみません。お邪魔します」

社会人になってから暮らし始めた１ＬＤＫのマンションに、男の人が来るのは初めてだ。

白の家具で統一した、美容グッズにあふれた室内を、佐々木くんが物珍しそうに見渡している。

「ちゃんと食べてますか？」

「そういえば、ちゃんとは食べてないかも」

昨日はさすがにご飯を作る気力も買いに行く気力も湧かなくて、家にあったもので適当に済ませた。

「でも、おなかは空いてないの。熱出たときはいつも食欲がなくて」

「ゼリーとかりんごとか買ってきました。食べられそうですか？」

「りんごなら食べられるかも」

「じゃあ皮をむくんで、高根さんは横になっていてください。キッチン借りますね」

佐々木くんはテキパキと私に指示し、さっそくキッチンに向かっている。

私は彼に言われるがまま、ベッドに横になって、キッチンに立つ佐々木くんをこっそり観察した。

すごい、佐々木くんが私の家にいる！

そして長身イケメンなせいで、キッチンに立つ姿がサマになっていた。

ドキドキしながら、佐々木くんがりんごをむき終えるのを待つ。

「いてっ！」

そんな声が聞こえて、私は慌てて体を起こした。

佐々木くんが顔をゆがめながら、自分の指先を押さえている。

「もしかして、切った⁉ ちょっと待ってて！」

佐々木くんの綺麗な手に傷が残ったら大変だ。

私は急いで起き上がり、棚から救急箱を取り出して、佐々木くんのもとに飛んでいった。

「手、貸して」

細いながらも男らしさのある彼の手を取ると、指先の血を拭い、消毒して絆創膏を貼る。

「すみません、病人にこんなことさせて」

佐々木くんが、申し訳なさそうにつぶやいた。

「いいのよ。もうほとんど治ってるし」

そっと流し台に目をやると、ボコボコとしたいびつな形のりんごが目に入る。皮どころか、果実もだいぶ削れているような？

「佐々木くん、もしかして包丁使うの苦手？」

「包丁というか、料理全般が苦手です。普段まったくしないんで」

「そうなの？」

私は目を丸くして佐々木くんを見た。

佐々木くんは恥ずかしそうに顔を赤らめてうつむいている。

それはつまり、私のために、苦手なりんごの皮むきをがんばろうとしてくれたってこと？

しょげている今の佐々木くんは、いつも飄々としている普段の彼には重ならない。

評価の高い凄腕《すごうで》ＳＥで高身長イケメンの彼にも、弱点があったようだ。

彼の弱さを初めて目のあたりにして、私はなんだかうれしくなった。

「ふふ」

思わず笑みを漏らすと、佐々木くんがほんの少し口を尖《とが》らせる。

「なんで笑ってるんですか？」

「ごめん、なんでもないの。佐々木くんけがしてるから、あとは私が切るね」

私のために苦手なことをがんばろうとしてくれた佐々木くんがかわいくて愛しくて。

自然とこぼれる笑みを抑えるのに、私は必死だった。

男の人なんだから、かわいいなんて言われたら、きっと嫌だよね？

「なんか、本当にすみません」

立ち上がってりんごをむき始めた私の隣に、佐々木くんが立つ。

「ていうか、りんごむくのめちゃくちゃうまいですね」

「りんごダイエットしてたことがあるからね。一日何個もむいて鍛えたの」

高速でクルクルとりんごを回し、まな板の上に皮を落としていく。

「おー、すごい」

「でしょ？」

得意になって顔を上げると、佐々木くんが吐息がかかりそうなくらい近距離から私を見ていた。

熱っぽさをはらんだその目が追っているのは私の手もとではなく横顔で、とたんに胸の鼓動が加速し、パッと視線を逸らす。

「……そんなに近づいたら、風邪が移るよ」

「いいですよ。言いましたよね？　高根さんにもらった風邪なら大事にします」

「……冗談はもういいから」

「冗談なんかじゃないです」

いつもはもっとすばやく皮をむけるのに、ドギマギするあまり、手もとがおぼつかなくなってしまった。


月曜日になると体調はすっかり回復し、問題なく出社した。

仕事終わり、私は覚悟を決めて、会社のエントランスから少し離れた場所に立つ。

健太を待つためだ。

一時間くらい前に、健太が打ち合わせブースに入っていく姿を見かけた。

打ち合わせ終わりの健太をつかまえて、言いたいことがある。

この間はしつこく復縁を迫られて嫌な思いをした。健太にはもう一度、はっきりと気持ちを伝えないといけない。

佐々木くんを好きだからこそ、曖昧な状態にしておきたくなかった。

この前は佐々木くんに助けられたけど、自分の力で健太と——健太に縛られていた過去の自分と決別したかった。

黒のトレンチコートを着た健太が、寒そうに肩を縮めてエントランスから出てきた。

「健太」

「鞠乃……？」

急に現れた私を見て、驚いたように足を止める健太。

「もしかして、俺を待っててくれてたの？」

「うん」

するとと健太はなにを勘違いしたのか、うれしそうに顔を輝かせる。そして足取り軽く私の方へと近づいてきた。

「そっか。鞠乃、この間はごめん。つい、むきになっちゃって。手首、痛かっただろ？」

「もう痛くない。そんなことより――」

私は声音を低めて、改めて健太を真正面からじっと見つめた。

なにかを感じ取ったのか、健太が口を閉ざす。うれしそうだった彼の表情に、にわかに影が差した。

「――もう一度はっきり言うね。私、健太とよりを戻すつもりはない」

「もしかして、この間の佐々木とかいう男と付き合ってるのか？」

健太がぐっと眉を寄せ、険しい表情になった。

付き合っていた頃にときどき見た、苛立っている顔だ。あの頃は健太のこの顔を見るたびに、嫌われたくないと怯えたものだ。

だけど今は違う。私はもう、彼にすがらなくても生きていける。

自分で自分を愛せるようになった。

佐々木くんが、それを教えてくれた。

素の私を認めてくれて、大事にしてくれて……。

迷わずにうなずくと、健太が顔をしかめる。

「あいつ、年下だろ？　年上でお前みたいな面倒見のいい女ならちょろいって、都合よく見られてるんだよ」

健太が嘲笑うように言った。

「お前は俺といた方が絶対に幸せになれる。昔、ひどいこと言ったのは謝るよ。だけど今のお前綺麗になったし、もうあんな扱いはしない。だから――」

「健太の気持ちの問題じゃない。私の気持ちの問題なの」

聞く耳を持たない健太の声を、私はピシャリと遮った。

強めの声だったせいか、健太が言葉を止める。

「あの頃の私が健太にあんなに尽くしたのは自分に自信がなかったからで、本当の意味で健太が好きだったわけじゃないの。健太に好かれてると思い込んで、自分に価値を見いだしていただけ」

向かい合う私たちの間を、冷たい冬の風が吹き抜ける。

私たちの心は、本当のところは一度だってつながっていなかった。

恋しているように錯覚していただけ。

本当の恋を知った今は、それがよくわかる。

「でも今は違う。私は自分で自分に、価値を見いだせるようになったから」

いい子でいることにすがった子ども時代。健太に尽くして彼に好かれようと必死だった大学時代。彼にフラれ、中身だけでなく見た目も完璧にこだわり、取りつかれたように必死になったその後。

思えば私は子どもの頃から、自分を取り繕うのに必死だった。

三十歳になって、ようやくその殻を破ろうとしている。

健太は一瞬戸惑うような素振りを見せたものの、すぐにムッとした顔をする。

「なんだかよくわからないけど、昔のことなら謝るって言ってるだろ？　何年前の話だよ？　あの頃は俺も若くて未熟だったんだ。今の俺なら、お前を幸せにできるって誓える」

その健太の言い分が、私にはもう無理だった。

自分勝手な男だと、この期に及んで思い知らされただけ。鳥肌が立つほどの嫌悪感が込み上げ、スーッと気持ちが落ち着いていく。

　こんな男、怒りを覚える価値もない。

「健太は、私がまた大学の頃みたいな体形に戻っても付き合いたいって思う？」

「えっ」

　冷静に聞くと、健太が一瞬迷うような表情を見せた。

「……思うよ。でもまあ、なるべくスリムではいてほしいかな」

　健太が、苦しまぎれにそう答える。

　こんな状況に置かれてもなお正直なところが、ある意味彼のいいところなのかもしれないと、笑いが込み上げそうになった。

「人前で大口を開けてたい焼き食べてても？」

「鞠乃はそんな女じゃない」

　健太がクスッと笑う。

　やっぱり、この人はなにもわかっていない。

　健太が求めているのは彼を好きな私であって、本当の私のなんてこれっぽっちも見ていないし求めていないんだ。

「私は健太と一緒にいて、幸せになれるとは思えない。幸せにしてもらおうとも思っていない」

自然と語気が強くなる。

健太に嫌われたくないと必死だった頃の私は、もうどこにもいなかった。

「私の人生に健太は必要ない。自分の力で幸せになれるから」

健太が息をのむようにして黙りこくった。

こんなふうに、健太を激しく拒絶したのは初めてだ。私はいつも彼に従順だった。

健太はなにも言わずに、ただ私を見つめている。

怯まずにその目を見返していたら、やがて健太が唇を固く結びながら目を伏せた。

「……ふうん」

拗ねているようにも聞こえる返事だった。

だけど、これ以上なにを言っても私の気持ちは動かないと思ったのだろう。

黙って私の横を通り過ぎ、店舗の明かりだけが煌々と輝く夜道に消えていく。

それ以降、健太が私にしつこく迫ってくることはなかった。

＊＊＊

「花岡さん、またね」

「はい、お疲れさまです！」

会社の廊下を歩いていると、通りすがりの男性社員に声をかけられた。

にっこり笑って挨拶すると、彼はだらしない笑みを浮かべて、遠ざかる私をいつまでも見送っていた。

四十過ぎのおじさんが、だいぶ年下の女の子にデレデレして恥ずかしくないのかしら？

エレベーターに乗り、エントランスホールを進む。その間もいつものように、四方から視線を感じた。今日はオフホワイトのコートに薄ピンクのシフォンスカート、ベージュのショートブーツ。

だけどこのごろ、どんなに男性たちから熱い視線を注がれても、満ち足りた気持ちにならない。

屋外に出て誰も見ていないことを確認すると、私は顔に張りつけた笑みをスッと消した。年末あたりから、ずっと胸がモヤモヤしている。

最近、高根鞠乃がやたらと人気者になっている。

なにがきっかけかはわからないけど、みんなの高根鞠乃に対する態度が露骨に変わった。

佐々木さんにしろ、あんな高飛車な女のどこがいいのかしら。

佐々木さんは最近、今まで以上に私に冷たくなった。これほど男に冷たくされたのは初めての経験で、煮えきらない思いを抱えている。

むしゃくしゃしながら、会社前の大通りを歩いていたとき。

「もう一度はっきり言うね。私、健太とよりを戻すつもりはない」

高根鞠乃の声がして、私ははたと足を止める。

前方に例の元カレと話している彼女の姿が見えて、私はとっさに近くにあった美容院の外壁に身を隠した。

「もしかして、この間の佐々木とかいう男と付き合ってるのか？」

高根鞠乃の元カレの怒ったような声がする。

なになに、佐々木さんを交えてなにかあったの⁉

私の知らないところで、三人が顔を合わせるような機会があって、三角関係が生じている？

佐々木さんに、高根鞠乃があの男の人と付き合ってるって牽制しておいたのに。

高根鞠乃に彼氏がいると思い込んだ佐々木さんは、見るからに傷ついた顔をしていた。悔しいけど、それほど彼女に本気だったみたい。

それ以来、佐々木さんは高根鞠乃を避けている様子だったから、すっかり安心していた。その隙に私が入り込んで佐々木さんの心を奪ってしまう作戦は、うまくいかなくて頓挫しているけど……。

高根鞠乃がうなずき、元カレの問いかけを肯定した。

どうやら、本当に佐々木さんと付き合っているみたい。

それからはもう、ショックのあまり、ふたりがなにを話しているか耳に入ってこなかった。

やがて高根鞠乃の元カレがあきらめたように去っていったから、ふたりの関係がそれきりになったのはなんとなく感じたけど。

ふたりがいなくなってから、私はひとり地団太を踏みたい衝動に耐えていた。

佐々木蒼――もさっとしていたけど実はかなりのハイスペック男を、あっさり自分のものにした高根鞠乃が心底憎い。

私より彼女の方がもてはやされる世界線が、あっていいわけがない。

なんでもいいから高根鞠乃を傷つけたい。

こんな屈辱を味わったままでは我慢できない。

「なにか策を練らなくちゃ」

私はぎりっと歯を食いしばると、星のない夜空を見上げた。

＊＊＊

「へえ〜、おふたりさん、付き合うことになったのか！　いやあよかったよかった！」

会社帰りに佐々木くんと一緒に行ったたい焼き屋台で、吾郎さんが声を張りあげた。

「お祝いに、今日はタダにしとくな！　今だから言うけど、ふたりお似合いだとずっと思ってたんだよね」

ついさっき、佐々木くんが吾郎さんに私たちの関係を告白したものだから焦った。だけど喜ぶ吾郎さんを見ていたら、恥ずかしい気持ちがどこかに飛んでいく。

「吾郎さん、ありがとうございます」

サービスしてくれた出来立てのたい焼きを、ふたつ受け取る。今までにないほどカスタードがパンパンで、たい焼きがずいぶんと太って見えた。

「はい、佐々木くん」

「ありがとうございます、高根さん」

受け取ったたい焼きのひとつを佐々木くんに手渡すと、間近で優しく微笑まれた。

やっぱり、うっとりするほど綺麗な顔をしている。何度見ても見慣れなくて、いまだに緊張する。

付き合いたてのぎこちなさが漂う私たちの様子を眺めながら、吾郎さんが不思議そうに首をかしげた。

「ところでおふたり、いまだに敬語で話しているのかい？　名前の呼び方もそのままじゃないか」

「ええ、まあ」

たい焼きをふーふーしながら、佐々木くんが答えた。

吾郎さんが、カウンターの向こうで渋い顔をする。

「恋人同士なのに、それはおかしくないかい？　そういうのは早く取っ払った方がいい。親密度がぐんと変わるからね！　俺とかみさんもそうだった」

意外にも恋バナ好きなのか、吾郎さんはやたらと饒舌だ。

私は少し気まずい思いをしながらも、佐々木くんと目を合わせた。

たしかに恋人同士なのに敬語で会話するのはおかしい。吾郎さんの言うように、親密度に影響も出てくるだろう。

「じゃあ、鞠乃さんって呼んでいいですか？　俺のことは呼び捨てにしてください」

するとと、佐々木くんがあっさりとそんな提案をしてきた。

「う、うん……」

ドキドキしながら、心の中で佐々木くんの下の名前を反芻する。

蒼、と心の中でつぶやいただけで顔に火がつきそうになった。

『鞠乃さん』？　なに言ってるんだ。男なら呼び捨てだろい！」

吾郎さんが、謎の男気口調で佐々木くんを叱りつける。

「私の方が年上だから、遠慮してるんだと思います」

やんわりとたしなめてみたけど、吾郎さんは納得する様子がない。

「うちだってかみさんの方が年上だけど、どーんと呼び捨てにしてるぞ。佐々木くん、男なら遠慮なんてするな。本当は彼女を呼び捨てにしたいんだろ？」

佐々木くん……蒼は戸惑ったような顔をした後で、考え込むように私をじっと見る。

左右対称のアーモンド形の目に魅せられ、胸がドキリと鳴った。

「──鞠乃」

耳に心地いい美声が、夜風に乗って私の心に刺さる。

「……はい」

思わず上ずった声で答えると、蒼はきょとんとした後で、おかしそうに目を細めた。

「緊張してる？　かわいいな」

ずきゅんと胸が射貫かれる音がした。

急に『かわいい』だなんて、反則だ……。

「いいじゃねえか。男らしいぞ、佐々木くん！　その調子でがんばりな！」

吾郎さんが豪快に笑い、上機嫌に鼻歌を歌いながら、再び作業に没頭する。

ふと、手のひらに温もりを感じた。

蒼が、たい焼きを持っているのとは反対の手で私の手を握りしめている。

「冷たいな」

ボソッとつぶやかれた彼の声。

冷えた手が、みるみる彼の手によって温められていく。

「蒼の手はあったかいね」

手をつないだまま、ふたりで視線を合わせる。

同時にふっと笑うと、白い吐息が間近で混ざり合った。

真冬の夜空には、半分欠けた月が浮かんでいる。

凍えるほど寒いのに、胸の奥はとろけそうなほど温かい夜だった。

翌日の退社直前、最終チェックをしていた私は、パソコンを眺めながら途方に暮れていた。

「またなくなってる……」

数日前に作成したデータが、どこにも見あたらない。ゴミ箱にもやっぱりなかった。保存したはずのデータがパソコンから忽然と消えるのは、これで三回目だ。

「なにがどうなってるの……？」

こうも繰り返し起こると、さすがに怖くなってきた。

無意識のうちに私が変な操作をしているのだとしたら、もっと怖い。一回病院に行ってみた方がいいかも。

とにかく明日までに必要な資料だから、今から作り直すしかない。今回は二、三時間でできる作業なのは幸いだった。

次々と社員たちが帰っていく中、私はパソコンに向かい、黙々と資料を作り続けた。

ああ、疲れたな……。

キーボードから手を離し、凝り固まった肩を回しながら時計を見る。

午後九時半になっていた。

最近データの消失が相次いで、作業量が増えたせいか、なかなか疲れが取れない。先日も風邪が流行っているわけじゃないのに、総務部内で私だけが発熱した。疲労で抵抗力が弱まってるのかもしれない。

「まだ帰らないの？」

耳もとでそんな声がした。顔を上げると、蒼の綺麗な顔がある。

「蒼」

「鞠乃は、ちょっとがんばりすぎだよ」

間近で目を合わせつつ、言葉を交わす。

それから私はハッと目を見開き、視線を泳がせた。

いつもは名字で呼び合っているオフィスで、下の名前で呼び合ったことに気づいたからだ。みんな帰ったから見ていないとはいえ、なんとなく気恥ずかしい。

蒼も同じだったようで、気まずい空気を濁すように軽く咳払いをしていた。

「ところで、なんの仕事してるの？」

「それがね、またデータが消えてしまったの」

「また？」

蒼が眉根を寄せた。

「前の品質管理データのときみたいに？」

「そう、これでもう三回目。私が無意識に変なことしてるんだと思う。病院に行ってみようかな……」

早めに治さないと、今後の仕事人生に影響が出てしまう。それだけはなんとしても避けないと。

蒼が腑に落ちないように首をかしげた。

「普段の鞠乃を見てて、変なところがあるようには思えない。ちょっとパソコン借りてもいい？」

「いいけど、なにするの？」

「もしかしたら、誰かに故意にデータを消されてるのかも。調べさせてほしい」

「え……っ⁉」

驚いて変な声が出た。

「それって、誰かが私のパソコンに不正にアクセスして、わざとデータを消去したかもしれないってこと？」

「うん、頻繁に起こりすぎてる。さすがにおかしいだろ」

心臓がバクバクと鳴っている。

蒼に言われるまで、その可能性を考えていなかった。

戸惑う私の隣で、蒼はさっそくマウスを操作し、手慣れた様子でパソコンの中を探っている。

「やっぱり。誰かが不正アクセスした形跡がある」

「もうそんなことがわかったの⁉　すごい」

「このまま解析を続けたら仕事の妨げになるから、とりあえず調査に必要なデータだけ抜き取るね。自分のパソコンで調べて、不正アクセスした人間のＩＰアドレスを調べてみる」

「う、うん。ありがとう」

カチャカチャと爆速でキーボードを打つ蒼を見ながら、彼が会社で一目置かれている凄腕のＳＥだということを、今さらながら思い知った。

困惑のあまり、もはやなにも言えない。

もしも蒼が言ったことが本当だとしたら、いったい誰がなんのためにそんなことをしたんだろう？

私の作ったデータを消して、その人になんの得があるというの？

考えてもわからない。モヤモヤとした気持ちを抱えていると、蒼がまるで私の気持ちをいたわるようにそっと手を握ってくれた。

「大丈夫。絶対に犯人を見つけるから」

静かな声だったけど、かなり怒っているのが伝わってくる。

「うん……」

混乱しつつも私はうなずいた。

不安で仕方ないけど、蒼がいるなら心強い。


二月に入ってすぐのことだった。

「高根さん、お昼行きませんか〜？」

昼休みに入ってすぐ、長財布を手にした花岡さんがパタパタと私のデスクまで駆けてきた。

「おいしそうなパスタ屋さん見つけたんです！　あ、麻子も瀬戸さんも行くよね？　梶田さんもどうですか？」

「パスタ？　行く行く〜！」

相変わらずノリのいい梶田くんは、花岡さんと一緒にさっそく盛り上がっている。

花岡さんにランチに誘われたのは、今日で三回目だ。

『高根さん、今まで失礼な態度を取ってすみませんでした』

花岡さんがそう言って頭を下げてきたのは、日帰り社員旅行の数日後だった。

『私、なんでもできる高根さんがうらやましくて、ついあんな態度を取っちゃって……。本当に反省してるんです』

仕事終わりの誰もいないオフィスで、涙を浮かべて切々と謝罪された。

花岡さんとの間の溝はずっと気になっていたので、勇気を出して声をかけてくれて、私は素直に感動した。

『気にしてないから大丈夫よ』

それ以来花岡さんは、今までの態度から一変して、私にやたらと話しかけてくるようになった。

ランチだけじゃない。業務に関しても積極的に質問してくるようになったし、前みたいに中途半端な仕事をすることもなくなった。

そんな花岡さんの変化になんとなくの違和感を抱きつつも、私は満足している。

一緒に仕事をするなら、ギクシャクするより親しくしている方が、当然いいからだ。

蒼との交際も順調だった。

仕事が終わってから一緒にたい焼き屋台に行ったり、ご飯を食べに行ったり。休みの日に、一緒に映画を見に行ったりもした。

久々の彼氏とのデートは緊張したけど、蒼の隣では気負う必要がなく、だんだん緊張がほぐれていった。彼となら、まるで空気のようにいつまでも一緒にいられる予感がする。

だけど、ひとつ気になることがあった。たまに、蒼の様子がおかしいのだ。

なにかを伝えたいけど言い淀んでいるような雰囲気。

たい焼き屋台で一緒にたい焼きを食べているときや、おふくろ食堂でお酒を飲んでいるとき、ふとなにかを訴えたいかのような視線を感じた。

だけど目が合うと逸らされ、なにも言わなくなってしまう。

言いにくいことなのかな……。

付き合って一カ月にもならない私たちの仲は順調だけど、やっぱり不安はつきもので、モヤモヤとしたわだかまりが生まれる。

やっぱり好きじゃなかったとか、距離を置きたいとか言われたらどうしよう。

そんなふうに悪い方向にばかり考えそうになるけど、私はどうにか自分で自分を落ち着かせた。

健太と付き合っていたときの私なら、不安になればなるほど、彼に尽くしていただろう。我慢ができずに、しつこくスマホにメッセージを送っていたかもしれない。

だけど蒼が話してくれる日まで、待っていたい。

蒼を信じてるから、私も強くありたい。


【今日の夜、ご飯食べに行かない？】

【どこで待ち合わせる？】

ある日の昼過ぎ、そんなメッセージを蒼に送っても、いっこうに既読にならなかった。そのまま終業時間を迎えてしまう。

情報システム部に蒼の様子を見に行こうかな。

そんな考えが頭の中をよぎったけど、仕事終わりに情報システム部に行くのは怪しく思われるかもしれない。

仕事がしづらくなるのを避けるために、私たちが付き合っていることはまだ会社の誰にも話していないから。

「高根さん」

唐突に声をかけられ、飛び上がるほど驚いた。

振り返った先にいたのは、今日もフェミニンメイクがばっちりの花岡さんだ。

「さっき用があって情報システム部に行ったんですけど、佐々木さんがスマホなくしたみたいで困ってましたよ。佐々木さんみたいなぬかりがなさそうな人でも、そんなことあるんですね」

クスッとおもしろがるように言われた。

なるほど、スマホをなくしたからずっと既読がつかなかったんだ。

「それで、佐々木さんに高根さんに伝えるよう言付かったんですけど——」

ホッとしていると、花岡さんが身を寄せてヒソヒソ声を出す。

「おふくろ食堂の前で待っていてほしいって言ってました。おふたりがどういう関係かは聞きませんけど〜」

ふふっと笑っている花岡さんは、私たちの関係に勘づいたようだった。

バレないようにしてたのに恥ずかしい。

私はほんのり顔を熱くしつつも、「ありがとう」と返事をする。

蒼はまだスマホを見つけていないようだから、私からのご飯のお誘いのメッセージを見たわけではなく、たまたま彼の方から誘ってくれたらしい。

お互いご飯に行きたいという気持ちが一致していたことを内心喜びつつ、私は帰り支度を終えて会社を出た。

冷たい風に体を震わせつつ、おふくろ食堂の前で蒼を待つ。

【花岡さんから伝言聞いたよ。おふくろ食堂の前にいるね】

とりあえず蒼にメッセージを送ってみたけど、やっぱり既読はつかなかった。

「スマホ見つかるといいけど……」

花岡さんの言うように、きっちりしてそうな蒼がスマホをなくすなんて珍しい。

仕事が忙しいんだろうな。

仕事に没頭する気持ちは私にもわかる。恋人同士になった今、仕事のせいで会える時間が限られてくるのは少し寂しいけど、全力で応援したい。

公私ともに、彼をそばで支えていきたい。彼の一番の理解者でいたい。

そんなふうに蒼を想いながら待ち続けたけど、いっこうに現れる気配はなかった。

店の前を往来する人の数が、徐々に減っていく。

サラリーマン男性のふたり組が暖簾をくぐって外に出てきたところで、店舗看板の明かりが消えた。

腕時計を見ると、午後十時だった。

三時間以上外にいたから、体が芯から冷えている。震えが止まらず、かじかんだ手をこすり合わせながら、明かりの消えた店舗看板をぼうぜんと見つめた。

蒼、来ないのかな……。

なにかあったんだろうか。

メッセージを確認しても、相変わらず既読になっていない。

お店が閉まったのだから、さすがにもう蒼は来ないだろう。

【ごめん、もう帰るね】

蒼にメッセージを送ると、冷えきった体を引きずるようにしてその場から離れた。

閑散とした通りに、カツンカツンと元気のない三センチヒールの音が響く。

この時間、この辺りがこんなにも真っ暗になるなんて知らなかった。民家が多いせいか、やけにひっそりとしている。

駅までの道をひとりで歩きながら、なんとなくの不安を感じていると、人の足音がした。

速足だったのですぐに追い抜かれるかと思ったけど、なぜか私の真うしろで足音がゆっくりになる。

つけられてる……？

背筋がヒヤッとなった。ショートコートにタイトスカートにヒール。ひと目で女とわかる格好をしていることを後悔する。

そういえば、前にこの辺りで会社の子が痴漢に遭ったたって話を聞いたような。

ゾクッとして自然と足が速まった瞬間。

――ガッ！

勢いよく背後から肩を掴まれ、背筋に怖気が走った。

＊＊＊

「あともう少し……」

仕事が終わった後で、俺は鞠乃のパソコンに不正アクセスしたＩＤを調べるのに懸命になっていた。糸口が掴め、あと少しというところまできている。

できれば今日中に犯人を暴きたい。

作業に没頭して数時間、ようやくＩＤの解析に成功した。

流行る気持ちを抑えながら、社員のＩＤデータと照らし合わせる。

「あった……！」

ようやく目あてのＩＤを見つけた。

「花岡莉愛……総務部の人か」

知っている女性社員だった。ぶしつけに話しかけられたことが何度かある。

鞠乃と元カレが一緒に映っている写真を撮って俺に見せ、動揺させたのも、意図的なものだったのかもしれない。

鞠乃のパソコンに不正アクセスしてデータを消したのが花岡莉愛だと知った今、すべてが信用できなくなっていた。

花岡莉愛が最近親しくしてくれる、とうれしそうに語っていた鞠乃を思い浮かべた。

嫌な予感がして、俺はすぐに鞠乃に危険を知らせようと、スマホに手を伸ばす。

だが、デスクの隅に置いていたはずのスマホが見あたらない。

カバンやポケット、引き出しもあさったが、見つからなかった。

「どこに行ったんだ？」

焦っていると、別の部署で残業をしていた同僚がオフィスに戻ってきた。

「佐々木、まだいたのかよ」

驚いたように言われ、ＩＤ解析に没頭するあまり、時間を気にしていなかったことに気づく。

仕事が終わったらいつも鞠乃にメッセージを送っているのに、今日はまだなので心配しているかもしれない。

すると、同僚が思い出したように唇を尖らせた。

「あ、そういえば。お前、総務部の花岡ちゃんとどういう関係なんだよ？」

「は？」

自分でも聞いたことのないような低い声が出た。花岡莉愛を警戒している最中だったただけに、その名前に過剰に反応してしまう。

「お前に用があるって、昼過ぎに来てたぞ？　いないって言ったら、ならデスクに案内してほしいって言われてさ」

同僚がふてくされたように言った。

「バレンタインが近いからさ、チョコでも置かれてたんじゃないの？　お前、髪形変えてからモテまくってるもんな」

「デスクに案内？」

俺はぐっと眉をひそめた。

嫌な予感がする。

たびたび鞠乃のパソコンのデータを消去して、困らせていたような女だ。俺のデスクにあったスマホを盗んだとしてもおかしくはない。

でも、なんのために？

「なんだよ、急に黙って。チョコもらったの、図星だったのか？」

「スマホがないんだ、昼過ぎから」

「へ？」

同僚が間抜けな声を出す。

「もしかして、花岡ちゃんが盗んだとでもいうのか？　そんなわけないだろ」

俺は花岡莉愛の不正アクセスの件を、同僚に話した。

初めは半信半疑な様子で聞いていた彼だが、徐々に顔が引きつっていく。

「えげつないな……。花岡ちゃん、かわいい顔してそんな怖い子だったのかよ」

身震いしている同僚の隣で、俺は花岡莉愛の行動の理由を必死に探った。

花岡莉愛は、間違いなく鞠乃を陥れようとしている。

俺のスマホを盗ったのは、鞠乃が俺に連絡できないようにするためなんじゃないだろうか？

そのとき、前にスマホが故障した際、メッセージアプリをパソコンにダウンロードしたことを思い出す。

急いでパソコンでメッセージアプリにログインしたところ、鞠乃からメッセージが届いていた。

【花岡さんから伝言聞いたよ。おふくろ食堂の前にいるね】

「おふくろ食堂……？」

やはり花岡莉愛は、鞠乃に嘘をついたようだ。

メッセージがきていたのは午後六時半だが、時計を見ればもう午後十時過ぎだ。

俺は顔から血の気が引いていくのを感じた。

寒空の中にひとり立ち、凍えている鞠乃を想像しただけで胸が痛くなる。

【ごめん、もう帰るね】

俺はハッとして顔を上げた。

あの辺りは大通りから少し離れていて、夜遅くになると人通りが少なくなる。痴漢被害も何件か報告されていた。

急いでパソコンから電話をかけたものの、出る気配がない。

「くそ……っ！」

居ても立ってもいられず、勢いよく立ち上がる。

好きな人が恐怖にさらされているかもしれない今、じっとなどしていられなかった。

とにかく、早く鞠乃のところに行かないといけない。

どうかどうか、無事でいてほしい。

心から願いながら会社のエントランスホールを抜け、鞠乃のいる場所に向かって無我夢中で走った。

＊＊＊

ガッと肩を掴まれて振り返ると、ニット帽を目深にかぶった男がいた。マスクで顔はよく見えないけど、不気味な目つきをしている。

急いで逃げようとしたけど、掴んだ肩を引き寄せられ、生きた心地がしなくなる。

見ず知らずのその人に、抱きしめられそうになっていた。

怖い……！

男の彼と女の私とでは力の差は歴然としていて、どうにもならない。あまりの恐怖に声すら出なかった。

「鞠乃！」

だけどそのとき、私の胸をいつも温かくしてくれるあの声がした。

――ガッ！

目を見開くと同時に鈍い音が響いて、目の前の男が突き飛ばされる。

気づけば私は蒼に優しく肩を抱きしめられていた。大好きな彼の匂いに包まれて、安堵のあまり泣きそうになる。

ニット帽の男はよろめきながら立ち上がり、すぐに逃げ出そうとした。

「待てよ！」

だけど蒼が勢いよく駆けていって、彼の腕をねじ上げ身動きが取れないようにした。

「は、離せっ!!」

ニット帽の男がもがいている間に私は気を取り直し、スマホで一一〇番にかける。

警察に状況を説明し、電話を切ってすぐ、蒼のもとに駆けつけた。

「鞠乃はあっちにいて、危険だから」

「ううん、私も手伝う！」

この男が、以前うちの会社の女性社員を襲った痴漢なのかもしれない。警察が来る前に、なんとしてでも逃がさないようにしなきゃ。

「今、警察呼んだから。すぐに来てくれるって」

バタバタともがく男の両脚を必死に押さえつけながら、上半身を拘束している蒼に話しかける。

「もしかしたらこの人が、前から話題になってた痴漢かもしれないから、絶対に突き出そう！」

するとき、男が「なんの話だ！」と叫び声をあげた。

「前から話題になってた痴漢!? そんなんじゃねーよ！　俺は花岡莉愛に頼まれてあんたを襲うフリをして脅かそうとしただけだ！」

「え……？」

まさか花岡さんの名前が出るなんて思いもよらず、私は目を白黒させた。

このごろ、私に親しげに話しかけてくる彼女の笑顔が頭に浮かび、吐息が震える。

「合コンで花岡莉愛と知り合って、あんたを襲うフリをして脅かせばデートしてやるって言われたんだ！　本気で襲うつもりなんてなかった！　警察に突き出すなら、俺じゃなくてあの女だろ！」

動転しているのか、男がやたらと大きな声を出す。周囲に丸聞こえで、通りかかった人たちが足を止めては何事かとこちらを見ていた。

その後パトカーで警察が来て、ニット帽の男は御用となる。

例の痴漢はつい先日逮捕されたばかりで、彼ではないらしい。

彼の言っていたことは本当だったようだ。警察でも、花岡さんにそそのかされただけで本当に私を襲うつもりはなかったと語ったらしい。

私と蒼も警察署に行き、事情を聞かれた。

状況説明を受けた後、ようやく解放される。

花岡さんに裏切られたショックで、私は思った以上に落ち込んでいた。

「伝えたいことがあるんだ」

建物から出てすぐ、蒼が今日の出来事を語ってくれた。

私のパソコンに不正アクセスしたＩＰアドレスの解析に成功し、花岡さんだと判明したこと。デスクに置いていたスマホが忽然と消えて私と連絡が取れなくなったこと。

花岡さんが不自然に蒼のもとを訪ねてきたこと。パソコンでメッセージアプリにログインしたら、私からメッセージがきていて、花岡さんの策略に勘づいたこと。

「データ消去は、花岡さんのしわざだったのね……」

私は夜の闇に向けてつぶやいた。

花岡さんが私を慕ってくれたのも、油断させるための演技だったんだろう。

彼女の変化を素直に喜んでいただけに、心がズタズタに傷ついている。

認めてもらえたんだと浮かれていた自分がバカみたい。

「花岡さんの件、俺から上に報告しようか？　データ消去も、男をそそのかせて鞠乃を襲わせたのも、立派な犯罪だ」

私は少し考えてから、ゆっくりとかぶりを振った。

「花岡さんは私の後輩だから、対応は任せてほしい。彼女から直接話を聞いて、事実をあきらかにしたいの」

蒼の顔が強張る。

「鞠乃は優しすぎる。俺は彼女を許せない」

彼が本気で怒っているのが伝わってきて、心が震えた。

いつも飄々としている彼が、私が原因でこんなにも感情を乱してくれている。それをうれしくも思ったけど、私の決意は揺るがなかった。

彼をなだめるように、大きなその手をそっと握りしめる。

「ありがとう。でも、私を信じてほしい」

花岡さんに憎しみを抱かせたのも、いわば私の責任。この問題を他人任せにはしたくなかった。

私は先輩として、ちゃんと彼女と向き合いたい。

完璧主義はやりすぎな場合もあるけど、すべてがそうじゃない。私は今まで必死にこだわってきた自分の生き方を貫きたい。

蒼は私の顔をじっと見つめていたけど、やがて気持ちを汲んでくれたかのように深くうなずいた。

「……わかった。だけど話し合いのときは、俺も同席させて」

「うん、そうする」

「あと、今夜は俺の家に泊まれ」

「……え？」

いつになく男っぽい蒼のセリフに、私は戸惑いを隠せなかった。普段は命令口調でしゃべるような人じゃないのに。

「大丈夫、なにもしないから。今夜はひとりにしたくないんだ。お願いだから、そばにいさせて」

先ほどの命令口調とは打って変わった、切実な声。

私を見つめる眼鏡の奥の瞳が、不安げに揺れている。

守りたい、支えになりたい——言葉にせずともそんな彼の思いがじりじりと伝わってきた。

こんなにも私のことを思って行動してくれる人が、この世にほかにいるだろうか。

「うん……」

私は胸を熱くしながらうなずいた。

ふたりでタクシーに乗り、蒼の家を目指す。途中、コンビニで降りて夕食を買った。

蒼の家は、私の家より若干広い、１ＬＤＫの築浅マンションだった。

モノトーンで統一された部屋では、大きなパソコンデスクとゲーミングチェアが三分の一ほどのスペースを占めていた。さすが、ゲーマーと名高いだけある。

「好きなところに座って」

促されるまま、ガラステーブルの前に腰を下ろした。ビニール袋からコンビニで買ったものを取り出し、遅い夕食をふたりで食べる。

午前零時過ぎ。こんな遅い時間に食事をするのは久しぶりだ。

「それだけで足りるの？」

私のサンドイッチを見ながら蒼が言う。蒼が食べているのは牛丼だった。

「うん、もう夜遅いし。太りたくないから」

「鞠乃はもうちょっと太った方がいい」

「え？」

私は驚いて顔を上げた。

「太ってる人が好きなの？」

「どっちでもいい。とにかく健康でいてほしい」

彼のまなざしがあまりにも優しくて、気持ちが癒されていく。

「うん、ありがとう」

蒼ならきっと、私の醜さも弱さも受け入れてくれる。そしてつらいときには、こうしてそばに寄り添ってくれるだろう。

これからもずっと、この関係が続く限り……。

テレビの横に飾ってある、白い大型犬の写真に気づいた。むくむくしていて、見ているだけで頬ずりしたくなるほどかわいい。

「あの犬、抱きしめたら気持ちよさそうだね」

「ああ、実家で飼ってる犬なんだ」

蒼が写真を見て目を細める。

「なんて名前なの？」

「ムック」

「ぴったりの名前だね」

思わず笑ってしまう。

「そう、でかくてむくむくしてるんだ。実家にはずっと帰っていないから、しばらく会えていないけど」

「そっか」

蒼の表情がどことなく陰りを帯びたのを感じて、私はそれ以上深くは聞かなかった。もしかして、実家があまり好きじゃないのかもしれない。

そのことで蒼が苦しんでいるなら、話を聞いて支えになりたい。だけどそれは今じゃない気がした。

「私の実家では三毛猫飼ってる」

「ふうん、名前は？」

「ミケコ」

「お互い単純な名前の付け方してるな」

蒼が噴き出すように笑い、とたんに場の空気が和んだ。私もうれしくなって、つられるように笑みを浮かべる。

「ほんとそう。ミケコは何事にも動じないどっしりした猫で……どうかした？」

微笑む私を、蒼が食い入るように見ているのに気づいて、首をかしげた。

「鞠乃」

切羽詰まったような蒼の声が降ってきた。

ふわりと、体全体が温もりに包まれる。

彼の急な態度の変化に思考が追いつかない。

「蒼……？」

「ごめん、俺がもうちょっと早くに気づいていたら、鞠乃を傷つけずに済んだのに」

かすれた彼の声。

蒼は、ずっとそのことを気にしていたのだろう。

いつもポーカーフェイスだけど、本当は誰より優しい人だから。

「助けに来てくれて、本当にうれしかった。蒼はなにも悪くないよ」

彼の腕の中にいると、心が溶けそうなくらい安心した。体中から力が抜けていく。

今になって気づく。

本当は私、ずっと傷ついていたんだ。

平気を装っていても、傷つけられた心はズキズキと悲鳴をあげ続けていた。ただ見て見ぬフリをしてただけ。

蒼が家に呼んでくれてよかった。

ひとりだときっと、襲われそうになった恐怖と花岡さんに裏切られたショックで、どん底まで落ちていただろう。

蒼はそれをわかっていたから、やや強引に私を家に連れてきたのかもしれない。

本当に優しい人。

蒼が、私を抱く腕にますます力を込める。

「鞠乃。弱いところ、もっと俺に見せて」

彼の声は、どこまでも優しい。

私は目頭を熱くしながら、彼の胸の中でこくこくとうなずいた。

小さい頃から、なんにでも真面目に取り組んで、自分の力で対処しようとしてきた。

自分ががんばれば、がんばらなきゃって、繰り返し言い聞かせて。

でも、人に甘えてもいいんだって、蒼が教えてくれた。

彼の優しさと温もりが、頑なに閉ざされた私の心の扉を開いていく。

「うん。ありがとう、蒼」

蒼を見上げて涙ながらに微笑むと、彼が凍りついたように私を見つめた。

それからなぜか、天井を仰ぐ。

「あー」

「どうかした?」

「なにもしないって約束したけど、無理かもしれない」

背中を優しくなでられ、思わせぶりなその手つきに、体が熱を帯びていく。

もういい大人だから、彼がなにを言いたいかはわかっていた。

「……いいよ」

そっと広い背中をなで返すと、彼が息をのむ気配がした。

「鞠乃がかわいすぎてつらい……」

吐息交じりの声でささやかれ、胸がぎゅうっとなる。

瞬間、唇にやわらかな感触が落ちてきた。

触れるだけの、優しいキス。

遠慮がちにそっと重ねた後で、もう一度口づけられる。

今度は、先ほどより少し長めの深いキスだった。

吐息が重なり、互いの熱が交じり合い、心がひとつになっていく。

言葉を交わしたり、手をつないだりしただけでは伝わらない情熱が、体の奥に浸透していく。

どうして恋人同士はキスをするんだろうと、健太と付き合っているときに考えたことがある。唇と唇を重ねる行為に、いったいなんの意味があるんだろうって。

ただそうするべきだからしてるだけ――それが答えなんだと思っていた。

でも今、やっとキスの意味がわかった気がする。

理性なんかどこかに吹き飛んで、ただただ求めてしまうもの。

好きな人の温もりが欲しくて、心に触れたくて、もっと知りたくて、近づきたくて……。

やがて蒼が唇を離し、おでことおでこをひっつけた。

「今日はこのくらいにしておく。傷ついた鞠乃に無理をさせたくないから」

名残惜しそうな彼のささやき声すら愛しい。

その日蒼は、眠る私を、ひと晩中包み込むようにして抱きしめてくれた。


翌朝、私たちは一緒に会社に向かった。

同じ朝ご飯を食べて同じ電車に乗ると、前より深い関係になったのを感じる。気恥ずかしさと甘酸っぱさが漂う、不思議な時間だった。

仕事中、蒼からメッセージがきた。

花岡さんが蒼のデスクに置いてあったスマホを手に取る様子が、防犯カメラで確認されたらしい。だけど盗んだわけではなく、情報システム部内の棚の奥に移動しただけで、すぐに見つかったそうだ。

スマホを盗んだわけではなく移動させただけだからとがめられないけど、データ消去の件は充分罪に問えるとのこと。

驚くことに、昨日の出来事はすでに会社中に広まっていた。

どうやら昨夜、ニット帽の男が私を襲って蒼にとらえられるところを社内の誰かが見ていたらしい。その際、彼が花岡さんの名前を叫んだ声を聞いたようだ。

「花岡さんのせいで、高根さんが痴漢に襲われそうになったらしいぞ」

「高根さんが研究開発部からの大事な依頼でやらかした件、覚えてる？　あれも、莉愛がわざとデータ消去して高根さんに責任負わせてたんだって。情報システム部の人が言ってた」

総務部も、その話で持ちきりだった。

私と花岡さんという当事者がいるのでヒソヒソ声だけど、ほぼ聞こえている。みんなが私を同情の目で、花岡さんを不審な目で見ていた。

「高根さん、昨日のこと聞きました。大丈夫だったんですか？」

昼休みに入ってすぐ、瀬戸さんをはじめ、西田さんやそのほかの花岡さん以外の女性社員が私のところにやって来た。思いつめたような顔をしている彼女たちは、本気で私のことを心配しているみたい。

「未遂だったから大丈夫」

「そうなんですね、よかった～！」

みんながホッとした声をあげる。その後は、口々にいたわりの言葉をかけてくれた。

彼女たちの優しさが身に染みて、気持ちが和らいでいく。

一方で、花岡さんを排除するような空気ができていた。目に見えて、アウェイな立場に追い込まれていく花岡さん。いつも華やかだった雰囲気が、見る影もなくかすんでいる。

「ていうか花岡さん、信じられないんだけど？　やったことが犯罪レベルじゃない」

「前まで高根さんに反発してたのに、急にベタベタするようになったと思ってたけど、裏では最低な計画練ってたんだね」

「正直、男に媚び売ってばかりで、いい印象なかったよね」

少し前まで花岡さんをもてはやしていた女子たちが、あからさまに彼女に敵意の目を向けている。

あっという間にひとりになった花岡さんを、私は複雑な思いで見ていた。私もずっと似たような立場にいたから、彼女の気持ちはよくわかる。

「花岡さん、ちょっといい？」

終業後、私は花岡さんを呼び出した。

花岡さんは暗い表情のまま、なにも言わずについてくる。打ち合わせブースの前では、蒼がすでに私たちを待ち伏せていた。

小さなテーブルを囲み、三人での話し合いが始まった。

「以前、私が研究開発部から依頼を受けたデータについてなんだけど」

花岡さんは、なんの話をされるかわかっていたようで、眉ひとつ動かさずに聞いている。

「花岡さんが、私のパソコンを勝手に使って消したのよね？　解析してもらったら、花岡さんがアクセスした痕跡が残っていたわ。そのときだけじゃなくて、何度か同じことをしてるわよね？」

問いつめても、花岡さんはむっつりとした顔で押し黙っている。

私は語気を強めた。

「どうしてあんなことしたの？」

本当に不思議だ。

人目を忍んでまで私のパソコンに不正アクセスし、データを消去することで、彼女にいったいなんの得があるのか。

私は花岡さんを信じたい。

『高根さん、お昼行きませんか～？』

ここ最近、私に懐いてくれていた花岡さんの姿が脳裏をよぎる。

彼女のあの笑顔が偽物だったとは思いたくない。なにかやむをえない事情があったんだろう。

それか、花岡さんを陥れようとした誰かが企んだことなのかもしれない。

花岡さんがフッと嘲笑うような笑みを浮かべた。

「わかりませんか？　本当に鈍感ですね。あなたが嫌いだからに決まってるじゃないですか」

ここ最近の花岡さんとはまるで違う雰囲気と、あまりにもストレートなセリフに、私は絶句した。

人に好かれやすいタイプではないけど、ここまで強い悪意を向けられたのは初めてだ。凍りついている私に、花岡さんが憎しみに満ちた視線を向ける。

「すべてを持っている高根さんはずるい！　仕事も、人気も、かっこいい彼氏まで！」

あまりにも幼稚な言い分に、ショックを通り越して今度はあきれた。

「なにを言ってるの？」

「ずっと、高根さんが目障りだったんです。私よりも注目を浴びるなんて許せない。だから迷惑をかけようと思ったんです」

開き直ったように、花岡さんがあけすけに語る。

「あなたがいなければ、私が一番になれたのに！　もう、なにもかもがめちゃくちゃです！」

花岡さんはがなり立てると、我を忘れたように立ち上がり、片手を高く上げた。

私は反射的に身構える。

叩かれる……！

だけどその直後、蒼が抱きしめるようにして私の体をガードした。

「彼女を傷つける人は許さない」

短い言葉だったけど、その声はゾッとするような冷たさをはらんでいて、場に緊張が走る。花岡さんが怯んだように手を下ろした。

「自分が一番になれないのを、高根さんのせいにするのは逆恨みにもほどがある。全部、自分自身のせいだろ？　努力もせず、他人を傷つけることで、なにかが得られるわけがない」

鬼気迫る蒼の雰囲気に、花岡さんが動揺している。肩が小刻みに揺れていた。

いつも自信に満ちた彼女のそんな姿を見るのは初めてで、胸がしめつけられる。

どうして花岡さんは、そんなにも一番でいることにこだわっているのだろう？

彼女は明るくて華があって、特別な空気を持っている。

一番じゃなかったとしても、充分魅力的なのに。

「もう大丈夫よ、ありがとう」

蒼にそう声をかけると、彼がいぶかしげな顔をした。

「本当に大丈夫？」

私は力強くうなずいてみせる。花岡さんの先輩として、自分の力で解決する意思を伝えるために。

蒼が私の気持ちを汲んだかのように押し黙り、体を離した。

「花岡さん。私も、ずっとあなたがうらやましかった。あなたはかわいくて明るくて、魅力の塊みたいな人だから」

「……しらじらしいお世辞はやめてください」

花岡さんが、嫌そうにしながらそう吐き捨てる。

だけど今言った言葉は、私の本心だ。

「お世辞じゃないわ。私はあなたを見るたび劣等感を抱いていた。私たち、本当は似た者同士なのかもしれないわね」

花岡さんの瞳が、不安そうに揺れる。

やがて彼女は、唇を固く引き結んでうつむいた。テーブルの上で握りしめられたこぶしが、小さく震えている。

「……姉に似てるんです」

沈黙のあと、花岡さんがポツリと言った。これまでとは違う弱々しい口調。

彼女が急に幼い子どもになってしまったかのような印象を受ける。

「どういうこと？」

「……高根さんは、私の姉にそっくりなんです」

花岡さんが、悲痛な声で語りだす。

「私の姉は生まれつき美人で、子どもの頃からなにをやっても器用な、特別な人でした。それなのに年子のせいか、ことあるごとに比べられて、苦痛でしかなかった。両親も、姉ばかりかわいがっていて……」

気持ちを落ち着かせようとするかのように、花岡さんが大きく息を吸う。

「だから私は、両親の気を引くために、愛嬌のいい女の子を演じるようになりました。それでも両親は私に興味を示さなかった。だけど学校では人気者になれたんです。ファッションやメイクにこだわってかわいくなったら、ますますみんなに愛されるようになりました。そうやって私は幸せになれたんです。……高根さんに出会うまでは」

花岡さんが、私の方を見た。

「姉に似ている完璧な高根さんの存在は、私にとって脅威でしかありませんでした。両親みたいに、みんなが高根さんに夢中になり、私を愛さなくなるんじゃないかと不安になって……。だからわざと高根さんの悪い噂を流して、孤立するように仕向けたんです。みんなから距離を置かれている高根さんを見ていたら、心の底からホッとしました」

花岡さんが目を伏せた。

「それなのに最近の高根さんは、みんなに慕われて、孤立するどころか輪の中心にいるようになった。それが悔しくて、怖くて……」

「それで、高根さんにあんなひどいことをしたのか」

蒼が怒り口調で言った。

「花岡さん……」

私は花岡さんの独白を聞いて、動揺しつつも共感していた。

私も同じだったから。

姉へのコンプレックスを克服するため優等生を演じているうちに、本当の自分を見失っていた。

花岡さんの目に、みるみる涙がたまる。

「でも、高根さんを襲わせようとしたのは、さすがにやりすぎました。ごめんなさい……。佐々木さんのスマホを隠したことも謝ります」

花岡さんが、ポロポロと涙をこぼしながら頭を下げる。

「私、高根さんに嫉妬するあまり、どうかしてたんです。本当に本当に、ごめんなさい……」

涙で顔をぐちゃぐちゃにしている彼女は、オフィスのアイドルのような女性社員ではなく、自信が持てずに生き方を模索している普通の女の子でしかなかった。

私と同じような……。

私が完璧にすがっていたように、彼女も一番であることにすがっていたのだろう。

要するに、とても不器用なんだ。

「……一夜明けて、すごく後悔してるんです。今さらこんなこと言っても、もう信じてもらえないってわかっています。それでも私は――」

「信じるよ」

「え……？」

花岡さんが潤んだ目で私を見上げた。

「花岡さんのこと、信じる」

きょとんとした涙顔をさらしている彼女に向かって、私はそっと微笑みかけた。

「最近の花岡さんはすごく真面目で、一目置いていたの。きちんとやればあっという間に仕事ができて、きっと本当はとても要領がいいのね」

「高根さん……」

「反省してるなら、もうとがめない。その代わり、今後はよりいっそう仕事に励んで」

信じられないとでも言うように、花岡さんが目を見張る。

こんなにもあっさり許されるとは思っていなかったのだろう。

弱っている花岡さんの背中を叩くつもりで、私は仕事中の顔つきになる。

「くよくよ悩んで、仕事に支障が出たら困るから。私、完璧主義なの」

完璧主義の高根さん――かつてのあだ名を彷彿とさせる厳しい口調で言い放った。

花岡さんが、また泣きそうな顔をした。

その瞳の奥に今まではなかったひたむきさを感じたのは、きっと気のせいじゃないだろう。

六章　こんな私でもいいですか？

あれから、私と花岡さんの距離はぐんと縮まった。

「高根さん、それ私に任せてください！」

「高根さん、一緒に帰りましょう！」

前よりもいっそう私を慕ってくれている。まるでキャンキャン吠える仔犬に懐かれているみたいだ。

花岡さんはあきらかに変わった。前みたいにむやみに人に愛想を振りまかなくなったし、仕事もテキパキとこなすようになった。そんな花岡さんの変化に周りのみんなは戸惑い、遠巻きに様子をうかがっている。

総務部のみんなが花岡さんを警戒している今、なじむにはまだ時間がかかりそうだけど、いつかわかり合える日がくると思っている。

自分に自信がないあまり、自分を見失って間違った方向に進んでしまう可能性は、きっと誰にでもある。

私もそうだった。

完璧であることにこだわりすぎて周りが見えていなかった。

かといって痴漢を依頼するなんて犯罪行為だし、人に危害を加えるようなことはあってはならない。それでも、花岡さんは改心したはずだと信じている。

人によっては甘いと言うかもしれないけど、それが私の考え方だって、今は胸を張れる。


二月十四日。

今日は蒼と過ごす初めてのバレンタインデーだ。

ちょうど土曜日だったので、私は昼過ぎに蒼を自宅に呼んだ。手作りの夜ご飯をごちそうするため、一緒にスーパーに向かう。

いつもはひとりで行くスーパーに、普段着で蒼と並んで行くのは新鮮だった。

歩道を歩きながら、あたり前のように手をつなぐ。触れ合った彼の大きな手の感触がくすぐったくて、でも燃えるように熱くて――。

幸せだなあ。

しみじみとそう思った。

食材を買ってビニール袋を持ってもらい、また並んで歩いて自宅に戻る。

帰ったら、さっそく調理を始めることにした。

「手伝おうか？」

「ううん、蒼はテレビでも見ていて」

「わかった」

今日のメインは、蒼のリクエストでチーズインハンバーグ。それからサーモンのカルパッチョとかぼちゃのポタージュ、トマトのカプレーゼも作る予定だ。

肝心のチョコレートは、話題の高級チョコをデパ地下で買った。お菓子作りは得意じゃないし、高級チョコの方が間違いないだろうと個人的には思っている。

包丁でトマトを切っていると、耳もとで名前を呼ばれた。

「鞠乃」

振り返ると、蒼がすぐうしろにいる。

眼鏡の奥の綺麗な目に熱っぽい色が浮かんでいるのを見て、私はすぐに彼がなにを求めているか気づく。

手を止めて目を閉じると、唇に触れるだけのキスをされた。

ほんの少しの触れ合いなのに、やわらかくて温かな感触で気持ちが満たされる。

不意打ちのキスに少し照れている私を優しい目で見つめてから、蒼はリビングに戻っていった。

彼が見ているテレビの音を背中で聞きながら、私は手際よく料理を進めた。

誰かのために料理を作るのなんて、ずいぶん久しぶり。

蒼は本当においしそうに、私の作った料理を食べてくれた。

自炊をしない彼は、家庭の味に飢えているらしい。

夕食後、私は用意していたバレンタインチョコを蒼に手渡した。

「蒼、これ……チョコレート」

照れるあまり、かわいく渡せない自分が嫌になる。恋愛に不慣れなのがバレバレだ。

そんなプライド、私のすべてを受け入れてくれる蒼の前では不要だってわかってるけど。

「ありがとう。鞠乃がくれるの、ずっと待ってた」

うれしそうにチョコの箱を受け取った蒼の顔がまるで少年みたいで、つい見入ってしまう。

「でも、会社でいっぱいもらったでしょ？」

「去年までは一個ももらえなかったのに、今年は急に増えた」

不思議そうに言う蒼は、いまだにイケメン化している自覚がないらしい。

「そのチョコ、どうしたの？」

「全部断ったよ。鞠乃がくれるのだけでいい」

サラッと言われ、顔に熱が集まる。

お酒を飲んだわけでもないのに、そんなセリフを恥じらうことなく言える蒼にドキドキさせられる。

「このチョコ、めちゃくちゃうまい」

「ほんと？　よかった！　ＳＮＳでおいしいって話題になってたの」

「一個食べてみる？」

「いいの？」

「うん、ほら」

模様の描かれた四角いチョコレートをつまんで目の前に差し出され、反射的に口を開けた。

自然とあーんするような形で、チョコを放り込まれる。

「なにこれ、おいしい……！」

話題のチョコなのは知ってたけど、まさかこれほどとは。

片手で頬を押さえ、瞳を輝かせていると、そんな私を見て蒼が愛しげに目を細めた。

「本当にかわいい」

心から思っているのが伝わってくる、ため息に似たつぶやき。

至近距離で目が合い、胸がドキリと鳴った。

チョコレートをごくりと飲み込んだ喉に、蒼の視線を感じる。

その瞳に熱が宿るのがわかって、鼓動がますます高鳴った。

三十歳と二十七歳。年の差はあるけど、私たちはお互いにいい大人だ。

当然、付き合ったからには、そろそろそういう関係になるだろうと意識している。

私たちの間に流れる空気感から、今がそのときなのだと感じた。

「鞠乃」

色気をはらんだ蒼の声がした。

彼の顔が近づいてきて、私はそっと瞼を下ろす。

バレンタインデーの夜のキスは、甘い甘いチョコレートの味がした。

キスが深まり、互いの息が上がっていく。体がそっと彼の温もりに包まれ、優しく耳もとでささやかれた。

「いい？」

息を荒らげながら、私はこくこくとうなずく。

いい年なのに余裕がなくて恥ずかしいけど、そんな私ですら蒼は愛しげに見守ってくれているから、もう気にならなかった。

蒼がうっすらと微笑んで眼鏡をはずす。

長めのまつげに、濡れた唇。

綺麗な顔があらわになって、私の心臓が大きく跳ねる。

ベッドの上で互いの温もりを大切に分け合い、ときに照れたように笑い合いながら、私たちは初めての夜に溺れた。


「弟のひとりが結婚するんだ。まだ社会人一年目なんだけど」

終わった後、蒼の胸の中で幸せな気だるさに身を任せていると、彼が暗闇に向かってポツリと言った。

「彼女を連れて実家に帰るらしくて、俺も帰ってきてほしいって言われてる」

「そうなの？　おめでたいね」

蒼はなにも答えなかった。

私の裸の肩を抱く手に力がこもるのを感じて、彼がなにかを言いあぐねているのを感じ取る。

私は黙って、彼がそれを言いたくなる時を待った。

言いたくなければ言わなくてもいい。

私にできるのは、彼の気持ちにどこまでも寄り添うことだ。

「俺、大学に入るときに実家を出てから、一度も帰ってなくて」

「そうなんだ……」

以前飼い犬の話をしたときも、そんなことを言っていた。さらに言い淀んでいる彼は、実家との間になにかわだかまりがあるようだ。

私は無言で彼の背中をなでる。

蒼が思い切ったように語りだした。

「俺、瑞希《みずき》と和希《かずき》っていう双子の弟がいるんだけど、実は半分血がつながってないんだ。俺を産んだ母さんは俺が子どもの頃に亡くなって、父さんはその後、今の母さんと再婚した」

家族の中で、お父さんとしか血がつながっていない蒼だけが浮いていた。新しいお母さんはまだ若く蒼に対して他人行儀で、子どもながらに居心地の悪さを感じていた――蒼がそんなふうに話を続ける。

「だけど弟たちの面倒を見るようになったら、母さんの態度が変わったんだ。たくさん褒められて、俺はやっと、家族の中に居場所を見つけた」

弟たちの宿題を見て、遊んで、家事も手伝って——自分のことを二の次にして、蒼は懸命に家族に貢献した。

それでも自分だけお母さんの実家に連れていってもらえなくて、ずっと違和感を抱いていた。それはきっと、今のお母さんにとって、蒼はやっぱり他人にすぎないから。繰り返されるその出来事は、知らず知らず、蒼の心にひずみをつくっていった。大学入学を期に実家から離れたとたん、足が遠のき、帰りづらくなったという。

「蒼、話してくれてありがとう」

私は、蒼をぎゅっと抱きしめた。

蒼がずっと私になにかを伝えたそうにしていたのも、このことだったのだろう。

長年の心の傷を打ち明けるには、勇気が必要だ。

それでも私に心を開いてくれて、泣きたいほどにうれしい。

「別に家族に冷たい態度を取られているわけでもなんでもないんだ。それなのにおかしいだろ？」

「ううん、蒼の気持ちはわかるよ」

疎外感は、たとえ目に見えなくとも肌で感じてしまうものだ。

美人の姉を持つ私も、家族の中で疎外感を覚え、優等生になることで居場所をつくった。蒼も同じだったらしい。

「……私も一緒に行っていい？」

「えっ」

思いきった私の提案に、蒼が戸惑いの声をあげた。

暗がりで視線が絡み合う。

たしかに、付き合いたてで彼氏の実家に行きたいなんて、我ながら大胆な発言だ。

それでも彼の支えになりたかった。

「一緒にいたいから」

蒼はひとりぼっちだった私を助けてくれた。たくさん支えてくれた。

今度は、私が彼の支えになりたい。

蒼は私の顔を眺めながら考え込んでいたけど、やがてうれしそうに微笑んだ。

「うん。鞠乃がそばにいてくれたら、心強い」

眼鏡をかけていないせいか、どことなく子どもっぽい笑い方だった。

またひとつ、彼と心が近づいたのを感じた。

「兄ちゃん、また帰ってこいよ。帰らなすぎなんだよ」

蒼の実家の玄関を出たところで、弟の瑞希くんがふてくされている。瑞希くんは短髪で体格がよく、笑った目もとが蒼によく似ていた。

その隣では、彼の婚約者の奈緒《なお》ちゃんが微笑んでいる。ショートカットの優しそうな子だ。

「瑞希の言うとおりだ、ちゃんと帰ってこいよ」

蒼のお父さんが言った。「そうよ、心配するでしょ？」と、お母さんも相づちを打っている。

「ワオン！」

むくむくのムックが、みんなの意見に同意するように大きく鳴いた。

「お前の結婚式までに、もう一度帰るよ」

蒼がムックの背中を優しくなでながら答える。

その顔は、ここに来るまでの憂鬱そうなものとはまるで違った。憑き物が取れたみたいにさっぱりしている。

勇気を振り絞って実家に帰ることで、長年のわだかまりが和らいだようだ。

まだ完全ではないと思うけど、そのうち消えると信じてる。

「本当か？　約束しろよ」

今度は、瑞希くんの双子の兄の和希くんが言った。少し目を潤ませている和希くんは、心底また蒼に会いたいようだ。

「ああ、約束する」

ようやくのことでふたり車に乗り込み、窓越しに遠ざかっていく蒼の実家を眺めた。

「ムック、かわいかったなあ」

私は助手席でしみじみとつぶやく。

蒼がどれだけ弟たちに慕われているかがよくわかった。しばらく会っていなかったのが嘘のように、蒼は家族に歓迎されていた。

蒼が運転席から手を伸ばし、私の手を握る。

「また一緒に行こう」

「うん」

蒼の前向きな言葉が聞けて、まるで自分のことのようにうれしい。

私の手よりひと回り大きな彼の手を、そっと握りしめる。

すると、まるで離さないとでもいうように、指と指を絡められた。

彼の温もりを肌に感じるだけで、こんなにもホッとする。

誰かといる方が安心するなんて、ひとりきりでがむしゃらにがんばっていた頃は、想像もつかなかった感覚だ。

もうあの頃には戻れない。ひとりでは生きていけない。

この温もりを、手放したくない。

眼鏡をかけた、鼻筋の通った彼の横顔を眺める。車の窓から降り注ぐ真昼の光に包まれて、見とれるほど綺麗だった。

思わずうっとりしていると、運転中の蒼がこちらを見て目を細める。

「なに見てるの？」

「隣にいてくれるのが、うれしくて」

「俺の方こそ」

蒼が笑った。

私の前での笑い方が、日増しに子どもっぽくなっている。それだけ気を許してくれているのだろう。

車がトンネルに入った。

真っ暗な窓に映った私の顔は、以前より薄化粧だ。

このごろ、前ほど美容にこだわらなくなった。無理せず、やれる範囲でやっている。

保湿の回数も減ったけど、前までがやりすぎだったからちょうどいいくらい。服装もややラフになったし、表情が和やかになったと、梶田くんや瀬戸さんによく言われる。

それは、ありのままの私を受け入れてくれる彼がそばにいてくれるから。

心穏やかに過ごせる、私の大事な居場所。

彼にとって私も、そんな存在でありたい。

トンネルを抜けると、梅の木が並んだ土手沿いの道に出た。

「蒼、見て。梅の花が咲いてる」

「本当だ。春ももうすぐだな」

空を見上げれば、冬の名残りの消えつつある、澄んだ青空が広がっている。

私は愛しい人の温もりを手のひらで感じながら、真新しい春の光に包まれた世界を幸せな気分で眺めた。

Ｆｉｎ．

特別書き下ろし番外編

番外編1　永遠にあなたといたい

「これ、だれ？」

三歳の甥の理久《りく》が、恐る恐るというように私の背中から顔を出し、玄関に立つ蒼を見上げている。ドキッとするほど大きな薄茶色の目は、子どもの頃の姉にそっくりだ。

「蒼くんよ。理久、こんにちはして」

「こんちは」

たどたどしく挨拶をする理久を見て、蒼が表情を和らげた。それから、小さな理久の頭にポンと手のひらをのせる。

「ちゃんと挨拶できて偉いね」

優しくなでられ、理久はみるみる笑顔になった。

「りくくん、えらい？」

「うん、偉いよ」

振り返って無邪気に聞かれ、あまりのかわいらしさに、私の表情もほころぶ。

蒼が理久の頭をなでながら私を見た。

「どういう状況？」

「姉夫婦が田舎から遊びに来てて、久々にふたりでデートしたいからって、甥っ子を預かっているの。ごめんね、急にこんなことになって」

日曜日の今日は、蒼と軽くデートする予定だった。行き先は決めてはおらず、ふたりで町をぶらぶらする程度のつもりだったけど、予定が変わって申し訳なく思う。

「なるほど、そういうことか。気にしないで」

蒼が、まるで高い高いをするように、ひょいと理久を抱き上げた。

「理久くん、じゃあ、今日は俺と一緒に遊ぼう」

目線の高さを合わせて言われ、理久が目を輝かせる。

「うん！　あそぼ！」

「なにしたい？」

「わんわんみたい！」

会ってすぐだというのに、もう打ち解けた様子のふたりに、私は心から感心した。

理久はそもそも、人見知りの激しい子なのだ。それが初対面の人に、こんなにも懐くなんて。

「子どもの扱いに慣れてるのね」

「ずっと弟たちの面倒を見てきたから」

「わんわん！　みにいく！　わんわん！」

理久が蒼にむぎゅっと抱き着きながら、甘えるように繰り返した。

甘え上手なところもまた、姉の子どもの頃によく似ている。

「すっかりわんわん見に行く気になってるわ。わんわんって、もちろん犬のことだよね？」

「たぶんね。理久くん、それじゃあわんわん見に行こうか？」

「やった！　いく！」

蒼の腕の中で、理久が無邪気にはしゃいだ。

私たちは三人で電車に乗り、蒼がスマホで調べてくれた犬カフェに向かった。古民家を改装した店内では保護犬が自由に過ごしていて、ドリンクを飲みつつ触れ合えるらしい。

「わんわん！　わんわん！」

「わんわん、いっぱいいるな」

人懐こい犬たちに囲まれ、理久は興奮していた。

蒼は理久が怖がらないよう、ずっと抱っこしている。

「このわんわん、かわいい！」

「仔犬の頃のムックに似てる」

蒼も犬好きだから、寄ってくる白いふわふわの小型犬をなでながら、とろけるような笑みを浮かべていた。

ふと、窓ガラスに映る私たちの姿が目に入った。理久を抱っこしてソファーに座っている蒼と、その隣で幸せそうに微笑んでいる私。

まるで家族みたいでドキリとする。

いつか、蒼と本当の家族になれたらいいのに。

漠然とそう思ってから、ハッと我に返った。

私たちは、まだ付き合って三カ月。

そんな大それたことを考えるには、さすがに早すぎる。蒼だって迷惑だろう。

親戚に会うたびに結婚はまだかと聞かれるから、私、焦ってるのかな？

ううん、違う。

ただ素直に、この先もずっと蒼のそばにいたいと思っている。

彼と過ごす毎日は、穏やかで、落ち着いていて、本当に幸せだから。

これまでどうやってひとりで生きてきたんだろうと不思議に思うくらいに。

重荷になるから、蒼にはもちろん伝えるつもりはない。


「鞠乃、ありがとう！　本当に助かったわ！　大変だったでしょ？」

夕方、旦那さんと一緒に戻ってきた姉に、玄関先で繰り返し感謝された。

「ううん。理久、本当にいい子だったよ」

「そうなの？　きゃー、えらかったわねぇ」

誇らしげにしている理久を、姉がむぎゅっと抱きしめた。理久もうれしそうに姉に頬ずりしている。

やっぱり、お母さんが一番よね。

「それに、蒼が手伝ってくれたから」

隣にいる蒼をさりげなく紹介すると、彼が「はじめまして」と頭を下げた。

「こんにちは、鞠乃から話は聞いています」

いつもの人好きのする笑顔を浮かべる姉。

「ていうかものすごいイケメン。いいなー、鞠乃。どうやってつかまえたの？」

「おい、俺の前でそんなこと言うなよ」

気ままな発言をする姉の隣で、気弱な旦那さんがしょぼんとしていた。

その後は、みんなに料理をふるまった。

ちらし寿司、タコの酢の物、きんぴらごぼう、エビとアボカドのサラダ。理久のために唐揚げとフライドポテトも揚げた。

「おいし～！　鞠乃は相変わらず料理上手ね。主婦の私より上手じゃない。この子昔からなんでもできてね、比べられて嫌だったのよ～」

チューハイ片手に、姉が冗談交じりに言った。

「比べられて嫌だったのは私の方よ。お姉ちゃんと違って美人じゃなかったから」

「そう？　私は鞠乃の顔の方が美人だとずっと思ってた」

「えっ、嘘」

「嘘じゃないわよ」

理久のお皿に唐揚げを取り分けながら、姉がしみじみと言う。

「ずっとね、あなたがうらやましかったの」

それから姉は、私を見て静かに微笑んだ。

「でも、いつもなにかに追われてるみたいにカリカリしてたところは、うらやましくなかったわ。もっと楽に生きたらいいのにって思ってた」

姉がそんなふうに私を見ていたなんて、知らなかった。

こうやって、子どもの頃のお互いについて話すのは初めてだから。

気づけばもうふたりとも三十代。

時間が、長年私たちを隔ててきた見えない溝を埋めてくれたみたい。

「やっとカリカリしなくなったみたいでよかったわ。きっと蒼くんのおかげね」

意味深に微笑まれ、私の顔が熱くなる。

「真っ赤になってかーわいい」と姉はケラケラ笑っていた。

やっぱり姉にはかなわないと、心の底から思う。

自由奔放に見えて、本当は私よりずっと成熟していて、落ち着いた目で私を見ていたんだ。

昔なら、姉には精神面でもかなわないと知ったら、落ち込んでいただろう。

でも、今は違う。

かなわなくてもいいんだって、すんなり受け入れることができた。

私には私のいいところがあって、それを認めてくれる人がいるから。

だから私は、強くいられる。

長年の心のわだかまりが晴れていくのを感じた。

ふと視線を感じて顔を上げると、隣に座っている蒼と目が合った。

眼鏡の向こうの優しいまなざしに、胸が高鳴る。

ずっとこの人と一緒にいたい——何度でもそう思う。

そばでずっと、私を見守っていてほしい。

私も彼の支えになりたい。

そんな思いがあふれ、心が震える。そんなおこがましいこと望んではいけないとわかってるけど、どうにもできない。

願うだけならいいよね……？


三月に入って二度目の金曜日、仕事帰りに蒼に食事に誘われた。

連れていかれたのは、繁華街にあるフレンチレストランだった。

年季の入った重厚な洋館で、高級感たっぷりだ。

「え？　ここって、三ツ星レストランでしょ？　いつも満席って聞いたけど……」

「ちょうどキャンセルが出た日に問い合わせたみたいで、運よく予約できたんだ。今日、ホワイトデーだから」

バレンタインチョコのお礼ということらしい。記念日とか気にしなそうなタイプなのに意外だった。

それだけ大事にされているのが伝わってきて、うれしくなる。

「ありがとう。でも、ドレスコードとか大丈夫？」

「大丈夫だよ、鞠乃はいつもきちんとしてるから」

今日の服装は、オフホワイトのシルクシャツにネイビーのフレアスカート、いつもの黒の三センチヒール。満点とまではいかないけど、たしかに引っかかりはしないだろう。

店内はロココ調のアンティーク家具で統一されていて、中世ヨーロッパの雰囲気が漂っていた。趣向を凝らしたコース料理が、前菜から順にテーブルに運ばれてくる。

どれも信じられないくらいおいしくて、感動しっぱなしだった。

「ここ、ずっと来たかったの」

「鞠乃はおふくろ食堂みたいなところが好きだから、気に入ってもらえるか不安だったけど、それならよかった」

「おふくろ食堂系も好きだけど、こういうところも好きよ。予約が取りにくいって聞いたら気になるじゃない」

「意外とミーハーなんだな」

「一応、女子ですから」

薄明かりの中、同じ料理を食べつつ、ふたりで笑い合う。

付き合って三カ月。一般的には倦怠期を迎える時期といわれているけど、私たちにそんな気配はない。

笑い方や視線から、付き合いたての頃よりいっそう、お互いに信頼が深まっているのがわかった。

穏やかで、幸せで、だからこそ不安になる。

いつか蒼が、健太みたいに私のもとから離れてしまうんじゃないかって……。

「どうかした？」

苺タルトがのったお皿を前にうつむいていると、蒼に声をかけられ我に返った。

「ううん、なんでもない」

慌てて笑顔をつくると、蒼がそんな私をじっと見つめてくる。

なんか、顔が怖い……？

暗い表情をしたから、嫌な気分にさせたのかな。

心配していると、蒼がスッとテーブルの上になにかを置いた。えんじ色のそれは指輪ケースのようで、少し前に指輪のサイズを聞かれたことを思い出す。

「これ、あげる」

蒼が、手早くリングケースを開けた。

中には、四角いダイヤが光るシルバーリングが入っていた。箱の内側には高級ブランドのロゴが刻まれている。

私はさすがに慌てた。

「まさか、バレンタインのお礼？　たいしたことしなかったのに、こんな高価なもの——」

「結婚してください」

かぶせ気味に言われ、凍りつく。

空耳？と思いつつ恐る恐る蒼を見ると、ドキリとするほど真剣な顔でこちらを見ていた。

「本気で言ってるの……？」

「うん」

「でも私たち、まだ付き合って三カ月だよ」

「関係ない。ずっと一緒にいたい」

胸がきゅんとなって震えた。

私だって、蒼とずっと一緒にいられたらって思っていた。そんなおこがましいこと考えちゃいけないって自分に言い聞かせてたけど、蒼も同じ気持ちだったんだ。

今すぐ泣いてしまいたいほどうれしい。

私はゆっくりとうなずいた。

「はい。……よろしくお願いします」

すると蒼がホッとしたように無邪気な笑みを浮かべる。

緊張感が弾け飛び、幸せな空気が広がっていくのを感じた。

「はめてみていい？」

「うん」

蒼の長い指が、私の左手の薬指に指輪をすべり込ませる。

手もとで輝くダイヤを見ているだけで、だんだん泣きそうになってきた。

ありのままの私を認め、こんなにも大事にしてくれる人に出会えて、私は本当に幸せ者だ。

レストランを出た私たちは、タクシーで蒼の家に向かった。

シャンパンと不意打ちのプロポーズのせいで、頭がぼうっとしている。

蒼の家にはもう何度も来ているから、まるで自分の家のように落ち着いた。

酔っているのもあって、私はボスッとベッドに身を投げる。

「ただいま〜」

「蒼の匂いがする……」

布団の匂いをスンスンと嗅いでいると、蒼が近づいてくる気配がした。

顔を上げると、熱っぽいまなざしをした彼と目が合う。

視線を下ろすと、スカートが少しめくれ上がって、ストッキングを穿いた足が膝上まで見えていた。

「あ……」

私は顔を熱くすると、急いでスカートの裾を下げた。

——ギシッ。

ベッドが軋む音がして、視界が陰る。蒼が、逃がさないとでもいうように私に覆いかぶさっていた。

「なにを今さら。何度も見てるのに」

蒼は鳥肌が立つほど甘く微笑むと、眼鏡をはずしてサイドボードに置いた。

邪魔そうに前髪をかき上げる姿が、色っぽすぎて心臓に悪い。

「鞠乃」

吐息交じりの声が、私の耳をかすめた。いつもは飄々としている彼が、男の一面を見せてくるこの瞬間に、いつまでも慣れない。

すぐに、深いキスが落ちてくる。息をつく間もないほど繰り返し唇が重なり、舌と舌が絡み合う。互いの乱れた呼吸が、部屋の空気を濃密にしていく。

切羽詰まった様子から、彼がずっと我慢していたのが伝わってきた。

自然と手が伸び、彼を求めるように頬をなでていた。

彼の温もりが愛しくて、胸が苦しいほどだ。

心までをも焦がすこんな感情、知らなかった。

こんな満ち足りた幸福感も、知らなかった。

蒼の頬をなでる私の左手には、暗がりの中、ダイヤのシルバーリングが淡く輝いている。

この先もずっと、あなたと一緒にいたい。

番外編2　君と迎える春

生まれてからの一番古い記憶は、俺の手を包み込むあったかい母の手が、徐々に温もりを失っていく感触だった。

あれはきっと、母が亡くなった瞬間だったんだろう。

温もりを失った母の手の感触が、今もリアルに肌に残っている。


「兄ちゃん、また帰ってこいよ。帰らなすぎなんだよ」

実家の玄関の前で、弟の瑞希がふてくされている。

八年ぶりに会う瑞希は俺と同じくらい身長が伸び、逞しくなっていた。陸上で鍛えた体に、坊主に近い短めの髪形がよく似合っている。

瑞希の隣では、黒髪ショートの彼女が幸せそうな笑みを浮かべていた。

「瑞希の言うとおりだ、ちゃんと帰ってこいよ」

八年前よりも白髪の増えた父さんが、静かに言った。

「そうよ、心配するでしょ？」と母さんも相づちを打っている。

「ワオン！」

老犬になっても相変わらずむくむくのムックが、会話に入りたがっているかのように大きく鳴いた。

「お前の結婚式までにもう一度帰るよ」

「本当か？　約束しろよ」

瑞希の双子の兄の和希が、泣きそうな顔で言う。見た目は瑞希にそっくりだが、運動は苦手らしく、体の線は細い。

あれほど遠くに感じていた実家は、気負うような場所ではなかった。こんなことならもっと早く帰ればよかったと、後悔するほどに。

隣にちらりと視線を向ける。

長い髪を今日はアップスタイルにした鞠乃が、俺を見上げて微笑み返してくれた。

彼女の気配を感じるだけで、自分が何倍も強くなれたように感じるから不思議だ。

鞠乃がいなければ、実家には帰れなかっただろう。

長年の心のわだかまりが消え、自分でも驚くほど気分が晴れやかだ。

日を重ねるごとにかけがえのない存在になっていく、大切な君。

皆に見送られながら、俺たちは車に乗り込む。

懐かしい道路を車で進み角を曲がれば、やがて実家は見えなくなった。

「ムック、かわいかったなあ」

助手席で、鞠乃がしみじみとつぶやく。実家の猫もかわいがっているようだし、彼女も動物好きらしい。

またひとつ鞠乃の一面を知れて、幸せな気持ちになる。

「また一緒に行こう」

そう言うと、彼女は少し照れたように「うん」と答えた。

優しい目をして俺を見つめている鞠乃は、深い話はしてこないけど、俺の積年のわだかまりが晴れたことに気づいているようだ。

鞠乃は真面目で優しくて……そして誰よりも気遣いができる女性だ。

俺はずっとそんな鞠乃に恋をしていて、付き合ってからよりいっそう愛しさが増している。

長年、自分なんて二の次の存在なのだから、誰かに支えてもらうなんておこがましいと思っていた。

でも今は、君がいる。

弱さを見せられる人がこの世にいることが、こんなにも気持ちを楽にしてくれるとは知らなかった。

トンネルを抜けると、土手沿いの道に出た。

「蒼、見て。梅の花が咲いてる」

「本当だ。春ももうすぐだな」

気づけば三月に差しかかっている。

寒い冬が終わり、世の中はこれから、また少しずつ暖かくなっていくのだろう。

何度も繰り返す春を、この先はずっと君と一緒に見守っていきたい。

この温もりを一生手放さないと、もう決めている。

ハンドルから手を離して、鞠乃の膝の上へと伸ばす。ほっそりとした手のひらを握りしめれば、彼女も握り返してくれた。

あったかい……。

ひとつになった温もりにたまらない安心感を覚えながら、俺は梅の花の咲きほこる土手道の先へと車を進めた。


Ｆｉｎ．

あとがき

こんにちは、朧月あきです。

このたび、ベリーズ文庫with様から出版できたことを光栄に思います。

普段は異世界ファンタジーや高校生の恋愛ものを中心に書いているため、リアルな大人恋愛ものは初めてでドキドキしています。

執筆にあたり、まずは〝恋はもっと、すぐそばに。〟というレーベルコンセプトを胸に留め、共感性の高いヒロイン像を考えました。

最近、とくに女性に、がんばりすぎている人が多いように思います。

息抜きの仕方すら忘れてしまった完璧主義者、高根鞠乃。そんなヒロインを癒してくれるのは、真逆でありつつ深いところでは共通点もあるヒーローかなと考えました。

そこで、器用に見える事なかれ主義者、佐々木蒼が生まれました。そんなヒーローも実は、彼なりの生きづらさを抱えています。隠れハイスペックという、ワクワクな展開もプラスしてみました。

わりと世界観の大きな小説ばかり書いているので、リアルな日常の恋愛模様を描くのに、個人的に苦労しました。

小さなきゅんの積み重ねが、鞠乃を通して読者様の心に響き、潤いとなる物語に仕上がっていましたら幸いです。

最後に、お礼を。

まずは近藤旭先生。イメージどおりのすばらしい装画を描いてくださり、心よりお礼申し上げます。イラストを眺めては、かっこかわいい鞠乃と眼鏡姿がセクシーな蒼の姿に悶えております。

それから、お世話になった編集様方。たくさんご迷惑をおかけしたことと思います。お忙しい中丁寧なご指摘とアドバイスをくださり、感謝の気持ちでいっぱいです。

最後に、本書をお手に取り読んでくださった読者様。本当に本当に、ありがとうございました。

この本が、皆様にとってのなにかしらのプラスになれたらうれしいです。作り手として、これほど幸せなことはございません。

またどこかでお会いしましょう！

朧月あき

朧月あき先生への
ファンレターのあて先

〒104-0031
東京都中央区京橋1-3-1
八重洲口大栄ビル7F
スターツ出版株式会社　書籍編集部　気付

朧月あき先生

本書へのご意見をお聞かせください

お買い上げいただき、ありがとうございます。
今後の編集の参考にさせていただきますので、
アンケートにお答えいただければ幸いです。

下記URLまたは二次元コードから
アンケートページへお入りください。
https://www.ozmall.co.jp/enquete/IndexTalkappi.aspx?id=2301

他部署のモサ男くんは終業後にやってくる

2025年4月10日　初版第1刷発行

著　　者　朧月あき
　　　　　©Aki Oboroduki 2025

発 行 人　菊地修一

デザイン　カバー　フジイケイコ
　　　　　フォーマット　hive & co.,ltd.

校　　正　株式会社文字工房燦光

発 行 所　スターツ出版株式会社
　　　　　〒104-0031
　　　　　東京都中央区京橋1-3-1　八重洲口大栄ビル7F
　　　　　TEL　03-6202-0386（出版マーケティンググループ）
　　　　　TEL　050-5538-5679（書店様向けご注文専用ダイヤル）
　　　　　URL　https://starts-pub.jp/

印 刷 所　株式会社DNP出版プロダクツ

Printed in Japan

ISBN 978-4-8137-1731-7　C0193

ベリーズ文庫 2025年4月発売

『結婚不適合なふたりが夫婦になったら―女嫌いパイロットが鉄壁妻に激甘に!?』紅《くれない》カオル・著

空港で働く史花は超がつく真面目人間。ある日、ひょんなことから友人に男性を紹介されることに。現れたのは同じ職場の女嫌いパイロット・優成だった！彼は「女性避けがしたい」と契約結婚を提案してきて!?　驚くも、母を安心させたい史花は承諾。冷めた結婚が始まるが、鉄仮面な優成が激愛に目覚めて…!?

ISBN978-4-8137-1724-9／定価825円（本体750円＋税10%）

『悪辣外科医、契約妻に狂おしいほどの愛を尽くす【極上の悪い男シリーズ】』伊月《いづき》ジュイ・著

外科部長の父の薦めで璃子はエリート脳外科医・真宙と出会う。優しい彼に惹かれ結婚前提の交際を始めるが、ある日彼の本性を知ってしまい…!?　母の手術をする代わりに真宙に求められたのは契約結婚。悪辣外科医との前途多難な新婚生活と思いきや――「全部俺で埋め尽くす」と溺愛を刻み付けられて!?

ISBN978-4-8137-1725-6／定価814円（本体740円＋税10%）

『離婚計画は白紙です！～男嫌いなかりそめ妻はカタブツ警視正の甘い愛に陥落して～』田崎《たさき》くるみ・著

過去のトラウマで男性恐怖症になってしまった澪は、父の勧めで警視正の壱夜とお見合いをすることに。両親を安心させたい一心で結婚を考える澪に彼が提案したのは「離婚前提の結婚」で…!?　すれ違いの日々が続いていたはずが、カタブツな壱夜はある日を境に澪への愛情が止められなくなり…！

ISBN978-4-8137-1726-3／定価814円（本体740円＋税10%）

『極氷御曹司の燃える愛で氷の女王は熱く溶ける～冷え切った契約結婚だったはずですが～』にしのムラサキ・著

名家の娘のため厳しく育てられた三花は、感情を表に出さないことから“氷の女王”と呼ばれている。実家の命で結婚したのは“極氷”と名高い御曹司・宗之。冷徹なふたりは仮面夫婦として生活を続けていくはずだったが――「俺は君を愛してしまった」と宗之の溺愛が爆発！　三花の凍てついた心を溶かし尽くし…

ISBN978-4-8137-1727-0／定価825円（本体750円＋税10%）

『隠れ執着外交官は「生憎、俺は諦めが悪い」とママとベビーを愛し離さない』白亜凛《はくありん》・著

令嬢・香乃子は、外交官・真司と1年限定の政略結婚をすることに。愛なき生活が始まるも、なぜか真司は徐々に甘さを増し香乃子も心を開き始める。ふたりは体を重ねるも、ある日彼には愛する女性がいると知り…。香乃子は真司の前から去るが、妊娠が発覚。数年後、ひとりで子育てしていると真司が現れて…！

ISBN978-4-8137-1728-7／定価825円（本体750円＋税10%）

ベリーズ文庫 2025年4月発売

『医者嫌いですが、エリート外科医に双子ごと溺愛包囲されてます!?』 日向野《ひなたの》ジュン・著

日本料理店で働く美尋は客として訪れた貴悠と出会い急接近！ふたりは交際を始めるが、ある日美尋は貴悠に婚約者がいることを知ってしまう。その時既に美尋は貴悠との子を妊娠していた。彼のもとを離れシングルマザーとして過ごしていたところに貴悠が現れ、双子ごと極上の愛で包み込んでいき…！

ISBN978-4-8137-1729-4／定価814円（本体740円＋税10%）

ベリーズ文庫with 2025年4月発売

『素直になれたら私たちは』 白石《しらいし》さよ・著

バツイチになった琴里。両親が留守中の実家に戻ると、なぜか隣に住む年上の堅物幼馴染・孝太郎がいた。昔から苦手意識のある孝太郎との再会に琴里はげんなり。しかしある日、琴里宅が空き巣被害に。恐怖を拭えない琴里に、孝太郎が「しばらくうちに来いよ」と提案してきて…まさかの同居生活が始まり!?

ISBN978-4-8137-1730-0／定価814円（本体740円＋税10%）

『他部署のモサ男くんは終業後にやってくる』 朧月《おぼろづき》あき・著

完璧主義なあまり、生きづらさを感じていた鞠乃。そんな時社内で「モサ男」と呼ばれるシステム部の蒼に気を抜いた姿を見られてしまう！　幻滅されると思いきや、蒼はありのままの自分を受け入れてくれて…。自然体な彼に心をほぐされていく鞠乃。ふたりの距離が縮んだある日、突然彼がそっけなくなって…!?

ISBN978-4-8137-1731-7／定価814円（本体740円＋税10%）

ベリーズ文庫 2025年5月発売予定

Now Printing

『結婚嫌いな彼に結婚してなんて言えません』滝井《たきい》みらん・著

学生時代からずっと忘れずにいた先輩である脳外科医・司に再会した雪。もう二度と会えないかも…と思った雪は衝撃的な告白をする！　そこから恋人のような関係になるが、雪は彼が自分なんかに本気になるわけないと考えていた。ところが「俺はお前しか愛せない」と溺愛溢れる司の独占欲を刻み込まれて…⁉

ISBN978-4-8137-1738-6／予価814円（本体740円＋税10%）

Now Printing

『愛の極【極上の悪い男シリーズ】』麻生《あそう》ミカリ・著

父の顔を知らず、母とふたりで生きてきた瑛奈。そんな母が病に倒れ、頼ることになったのは極道の組長だった父親。母を助けるため、将来有望な組の男・翔と政略結婚させられて⁉　心を押し殺して結婚したはずが、翔の甘く優しい一面に惹かれていく。しかし実は翔は、組を潰すために潜入中の公安警察で…！

ISBN978-4-8137-1739-3／予価814円（本体740円＋税10%）

Now Printing

『タイトル未定（バツイチ×契約結婚）』未華空央《みはなそらお》・著

夫の浮気が原因で離婚した知花はある日、会社でも冷血無感情で有名なCEO・裕翔から呼び出される。彼からの突然の依頼は、縁談避けのための婚約者役⁉　しかも知花の希望人事まで受け入れるようで…。知花は了承しニセの婚約者としての生活が始まるが、裕翔から向けられる視線は徐々に熱を帯びていき…！

ISBN978-4-8137-1740-9／予価814円（本体740円＋税10%）

Now Printing

『元カレパイロットの一途な忠愛』蓮美《はすみ》ちま・著

美咲が帰宅すると、同棲している恋人が元カノを連れ込んでいた。ショックで逃げ出し、兄が住むマンションに向かうと8年前の恋人でパイロットの大翔と再会！　美咲の事情を知った大翔は一時的な同居を提案する。過去、一方的に別れを告げた美咲だが、一途な大翔の容赦ない溺愛猛攻に陥落寸前に…⁉

ISBN978-4-8137-1741-6／予価814円（本体740円＋税10%）

Now Printing

『タイトル未定（ハイパーレスキュー×双子）』花木《はなき》きな・著

桃花が働く洋菓子店にコワモテ男性が来店。彼は昔遭った事故で助けてくれた消防士・橙吾だった。やがて情熱的な交際に発展。しかし彼の婚約者を名乗る女性が現れ、実は御曹司である橙吾とは釣り合わないと迫られる。やむなく身を引くが妊娠が発覚…！　すると別れたはずの橙吾が現れ激愛に捕まって…⁉

ISBN978-4-8137-1742-3／予価814円（本体740円＋税10%）

タイトル、価格等は変更になることがございますのでご了承ください。

ベリーズ文庫 2025年5月発売予定

Now Printing

『敏腕救命救急医の一途な求愛』 冬野《とうの》まゆ・著

看護師の香苗。ある日参加した医療講習で救命救急医・拓也に再会！　彼は昔ある事情で別れを告げた忘れられない人だった。すると縁談に困っているという拓也から契約婚を提案され!?　ストーカー男に困っていた香苗は悩んだ末に了承。気まずい夫婦生活が始まるが、次第に拓也の滾る執愛が露わになって…!?

ISBN978-4-8137-1743-0／予価814円（本体740円＋税10%）

Now Printing

『元・最下位の妃、2度目の政略結婚で氷の冷酷王に嫁ぎます～「愛は望むな」と言われた出戻り王女が愛され妃になるまで～2』 三沢《みさわ》ケイ・著

晴れて夫婦となったアリスとウィルフリッドは、甘くラブラブな新婚生活を送っていた。やがて愛息子・ジョシュアが生まれると、国では作物がとんでもなく豊作になったり小さい地震が起きたりと変化が起き始める。実はジョシュアは土の精霊の加護を受けていた！　愛されちびっこ王子が大活躍の第2巻！

ISBN978-4-8137-1744-7／予価814円（本体740円＋税10%）

ベリーズ文庫with 2025年5月発売予定

Now Printing

『もう一度恋をするなら』 砂原雑音《すなはらのいず》・著

看護師の燈子は高校時代の初恋相手で苦い思い出の相手でもあった薫と職場で再会する。家庭の事情で離れ離れになってしまったふたり。かつての甘酸っぱい気持ちが蘇る燈子だったが、薫はあの頃の印象とは違いクールでそっけない人物になっていて…。複雑な想いが交錯する、至高の両片思いラブストーリー！

ISBN978-4-8137-1745-4／予価814円（本体740円＋税10%）

タイトル、価格等は変更になることがございますのでご了承ください。